ULLSTEIN

Das Buch

Wer hat im Schutz der Dunkelheit den wehrlosen Ed ermordet? Und was hat es mit der seltsamen Kinderstimme auf sich, die Carl gehört haben will? Kinder scheinen in der düsteren Vergangenheit der Burg Crailsfelden mehrfach eine Rolle gespielt zu haben – nicht nur in den letzten Jahrzehnten, als das Gemäuer ein Internat unter der Leitung des verstorbenen Klaus Sänger beherbergte, sondern schon früher. Doch ist Marias These über Menschenversuche zur Nazizeit nicht doch etwas weit hergeholt? Außerdem ist Maria seit dem Mord an Ed verschwunden. Und so richtig hatten ihr die anderen Überlebenden noch nie getraut ...

Der Autor

Wolfgang Hohlbein, 1953 in Weimar geboren, zählt zu Deutschlands erfolgreichsten Autoren phantastischer Unterhaltung. Seine Bücher haben inzwischen eine Gesamtauflage von über acht Millionen erreicht.

Von Wolfgang Hohlbein sind in unserem Hause bereits erschienen:

Die Chronik der Unsterblichen 1. Am Abgrund
Die Chronik der Unsterblichen 2. Der Vampyr
Die Chronik der Unsterblichen 3. Der Todesstoß
Die Chronik der Unsterblichen 4. Der Untergang
Die Chronik der Unsterblichen 5. Die Wiederkehr
Nemesis – Band 1: Die Zeit vor Mitternacht
Nemesis – Band 2: Geisterstunde
Nemesis – Band 3: Alptraumzeit

Wolfgang Hohlbein

Nemesis

Band 4: In dunkelster Nacht

Roman

Ullstein

Besuchen Sie uns im Internet:
www.ullstein-taschenbuch.de

Umwelthinweis:
Dieses Buch wurde auf chlor- und
säurefreiem Papier gedruckt.

Ullstein ist ein Verlag der Ullstein Buchverlage GmbH, Berlin.
Originalausgabe
1. Auflage November 2004

Redaktion: Edigna Hackelsberger
Umschlaggestaltung: Thomas Jarzina, Köln
Titelabbildung: Die Artillerie
Gesetzt aus der Stempel Garamond
Satz: Pinkuin Satz und Datentechnik, Berlin
Druck und Bindearbeiten: Ebner & Spiegel, Ulm
Printed in Germany
ISBN 3-548-25965-0

»Das ist die Panik … Eine Kinderstimme, das ist doch blanker Unsinn. Ein Kind wäre niemals zu so etwas fähig.« Judith hatte den Kopf zur Seite gewandt. Nachdem sie ihre Umklammerung von meinem Oberkörper gelöst und sich Carl zugewandt hatte, war sie offensichtlich unfähig, Eds Leichnam ein weiteres Mal zu betrachten. Sie hatte mein volles Verständnis dafür: Mit zur Seite gesacktem Kopf und der klaffenden Wunde am Hals, sah er aus wie Stück Vieh, das geschlachtet und zum Ausbluten aufrecht auf den billigen Plastikstuhl gesetzt worden war. Ich wünschte mir, zum Selbstschutz so viel Konsequenz aufbringen zu können wie sie, und Ed nicht, wie es bei mir immer wieder der Fall war, mit masochistischer Lust und gegen die stets wieder aufsteigende Übelkeit ankämpfend, ständig aus den Augenwinkeln betrachten zu müssen.

Ich erschrak ein wenig vor mir selbst, als ich feststellte, dass ich keinerlei Mitleid mit ihm empfand, sondern lediglich Ekel vor seinem Anblick und Abscheu vor der Unmenschlichkeit dessen, was mit ihm geschehen war. Nach wie vor versuchte ich fast gewaltsam, gegen die detaillierte Vorstellung anzukämpfen, mit welcher Kaltblütigkeit und mit welchem Blutdurst sein Mörder wohl vorgegangen war; es war noch lange nicht genug Zeit vergangen, um den Bildern, die meine Fantasie hinter meiner Stirn schillernd kreierte, ihren Schrecken zu nehmen. Aber es tat mir nicht sonderlich Leid, dass Ed nicht mehr bei uns war, und ich bedauerte nicht, dass es ihn getroffen hatte, sondern verspürte sogar so etwas wie Erleichterung darüber, dass der Killer nicht beispielsweise Judith erwischt hatte, oder gar mich selbst.

Mit einem Anflug von Ekel über meine eigenen Gedanken zog ich Judith ein wenig dichter an mich heran, schnupperte einen Moment lang an ihrem Haar und genoss das warme, beruhigende Gefühl, das sich bei der Erinnerung an den intimen Augenblick im Keller in mir ausbreitete – vielleicht, um mich davon zu überzeugen, dass ich noch fühlen *konnte*. Ich hatte Ed nicht ausstehen können, aber das rechtfertigte mich nicht vor mir selbst. Er war ein verdammtes Großmaul gewesen, ein Egozentriker wie aus dem großen Brockhaus ausgeschnitten und Fleisch geworden, aber das war nur eine der Seiten, die ich in der kurzen Zeit, die wir miteinander verbracht hatten, von ihm kennen gelernt hatte. Konnte meine Abneigung gegen diesen Maulhelden denn wirklich groß genug sein, dass nicht einmal sein Tod sie versiegen ließ? Ich verlangte keine Trauer von mir – aber wenn ich ganz genau in mich hineinhorchte, flüsterte eine leise, gemeine Stimme sogar, dass es mir ganz recht so war, weil er uns bisher ohnehin nur eine Last, ein zusätzlicher Klotz am Bein gewesen war.

War das ich?

Ich suchte nach der Stimme, die Kontra rief – nach der, die von der Verbundenheit sprach, die ich empfunden hatte, als Cowboystiefel-Ed von seiner Kindheit in verschiedenen Internaten geredet hatte, vom frühen Tod seiner Eltern und von seinem Großvater, der, Nazi hin oder her, immer für ihn da gewesen war. Das Gefühl, auf grausamste Art und Weise einen Menschen verloren zu haben, für den ich zwar eine spontane Antipathie empfunden hatte, mit dem mich aber ein erschreckend ähnliches Schicksal verband, an welches zu erinnern ich in den vergangenen Jahren mehr oder weniger erfolgreich angekämpft hatte. Aber da war nichts. Mein Gehirn suchte vergeblich nach einer Spur des Bedauerns in meinem Herzen. Reichte eine Nacht des Grauens aus, einen Menschen (mich!?) so tief greifend zu verändern? Oder veränderte ich mich vielleicht gar nicht wirklich, und dieser zynische, gefühlskalte Kerl war schon immer ein Teil meiner Persönlichkeit gewesen, so gut verborgen, dass selbst ich ihn nicht erahnt hätte hinter der Maske des manchmal etwas ungeschickten, aber meines Erachtens durchaus liebenswerten, smarten Frank.

»Kinder tun so etwas nicht!«, wiederholte Judith noch einmal so entschieden, als könne sie, wenn sie es nur oft genug sagte, den Tod Eds damit ungeschehen machen.

»Noch nie was von den Kindersoldaten in Afrika gehört?« Ellen Stimme war klar und sachlich. Sie betrachtete Ed mit dem abschätzenden Blick der Medizinerin, die schon jegliche Art von Schnittwunden gesehen hatte. Ich wusste nicht, welcher Art die Pillen waren, die Ellen in der Tasche mit sich herumtrug und die meiner Einschätzung nach wohl dazu beigetragen hatten, dass sie ihre heftige Platzangstattacke so schnell wieder losgeworden war, aber ich wünschte, ich hätte auch eine Hand voll von dem Zeug. Sie mussten eine ungemein stabilisierende Wirkung haben: Nichts erinnerte noch an Ellens Aussetzer im Hof, geschweige denn an den, den sie kurz nach Stefans Verlust erlitten hatte. Auf einmal steckte sie wieder ganz in der Rolle der kühlen, unnahbaren Ärztin, die jedes noch so schwer verwundete, oder wie in diesem Fall gar seinen Verletzungen erlegene Opfer, mit einer oberflächlichen Routine betrachtete, die ich eigentlich als etwas Abstoßendes, nahezu Verachtenswertes empfand, in diesem Fall aber beruhigt zur Kenntnis nahm. Die Ärztin Ellen konnte ich getrost von ganzem Herzen hassen – vor der Irren ohne Disziplin und Selbstkontrolle hingegen fürchtete ich mich ein wenig, und ein zusätzlicher Angstfaktor war das Letzte, was ich in unserer aktuellen Lage gebrauchen konnte.

»Das ist alles nur eine Frage der Erziehung, Schätzchen«, säuselte Ellen besserwisserisch. »Kinder können unendlich viel grausamer sein, als Erwachsene.«

Und ob sie das konnten, pflichtete ich ihr im Stillen bei. Vor meinem inneren Auge erschien für einen kurzen Moment Miriam, wie sie mich ein letztes Mal ansah mit dem Blick eines Menschen (Eines Kindes, verdammt noch mal! Sie war doch noch ein Kind, dreizehn, vielleicht vierzehn Jahre alt, auf keinen Fall auch nur einen einzigen Tag älter!), der mit unerschütterlicher Gewissheit wusste, dass er sterben würde – in den Tod getrieben von anderen Kindern (War sie wirklich tot? Hatte sie es tatsächlich getan? Hatte ich sie wirklich nicht mehr davon abhalten können, sich zu töten, ehe sie sie in

Stücke rissen?!). Die Stimmen der Kinder, die uns den Turm hinauf getrieben hatten, hallten in meinen Ohren wider, als wären sie in diesen Sekunden wieder da, als hätten sie aus meinem Traum in fast greifbare Nähe zu mir in die Realität aufgeholt und lachten ihr grausames, kaltes Lachen, das keine andere Interpretation zuließ als blutrünstige, sadistische Freude.

Aus meinem Traum, ja. Ich versuchte, die Erinnerung an den immer wiederkehrenden, schrecklichen Albtraum aus meinem Bewusstsein zu verdrängen. Es war ein grausamer Traum gewesen, finstere Fantasien, deren Wurzeln mir nicht bewusst waren – nichts weiter oder weniger noch als Schall und Rauch. Ich hielt nichts von Traumdeuterei, ebenso wenig wie von Horoskopen und Menschen, die behaupteten, das zu erwartende Lebensalter eines anderen anhand der Länge seines großen Zehs voraussagen zu können. Das alles war nicht meine Welt, und ich durfte nicht zulassen, dass sich das Grauen, das im Schlaf und in der Bewusstlosigkeit über meinen wehrlosen Verstand herfiel, mit den Schrecken dieser Horrornacht vereinte und ein hochgradig paranoides, vielleicht nicht einmal mehr medikamentös behandelbares, nervliches Wrack aus mir machte, das von den hässlichen Stimmen von zu Dämonen mutierten Kindern verfolgt wurde. Miriam ... Ich kannte kein Kind mit diesem Namen und hatte auch nie eines gekannt!

Aber ich kannte Maria. Maria, die in der Gestalt einer Erwachsenen vor mir gestanden und mit der Stimme eines Kindes zu mir gesprochen hatte. War sie der Schlüssel zur Lösung aller Fragen? Hatten sie vielleicht doch ein bisschen Recht, diese Neuzeitschamanen, die behaupteten, dass uns im Traum ein Teil des Unterbewusstseins zugänglich wurde, der uns im Wachzustand verborgenen blieb? Und wenn ja: Was hatte Maria mit diesen Kindern, mit diesen unmenschlichen Bestien zu tun? Woher kannte sie Miriam, und warum hasste sie sie so? Für den Bruchteil einer Sekunde hatte ich das Gefühl, der Antwort auf all diese Fragen zum Greifen nahe zu sein – ein Moment, der schneller wieder vorüber war, als ich ihn als solchen realisieren konnte. Miriam konnte nicht lediglich eine Ausgeburt meiner kranken Träume gewesen sein, Himmel und Hölle noch mal! Dazu war ihr Bild zu deutlich, zu unveränderbar, zu vertraut! Wo hatte ich sie getroffen? Und warum, zum Teufel, konnte ich mich nicht daran erinnern?

Mein Blick wanderte wieder zu Ed hinüber. Ich hätte es begrüßt, in ein leichenblasses, meinetwegen auch blutverschmiertes Gesicht zu sehen, zumindest in Anbetracht dessen, womit ich mich stattdessen wieder konfrontiert sah: Der grünlich-gelbe Farbton seiner Haut erinnerte mich an den des saftigen Steaks, das ich vor nicht allzu langer Zeit in meinem Gefrierfach im Kühlschrank zurückgelassen hatte, ehe ich kurz entschlossen per Anhalter zu einer Rucksacktour durch die Rocky Mountains aufgebrochen war. Als ich vierzehn Tage später in meine bescheidene Junggesellenwohnung zurückgekehrt war, hatte ich würgend festgestellt, dass das altersschwache Kühlgerät unmittelbar nach meiner Abreise das Zeitliche gesegnet haben musste. Jedenfalls hatte das Fleisch eine ähnliche Farbe wie Eds Gesicht gehabt, und meine ganze Wohnung hatte gestunken, wie ein Massengrab auf subtropischem

Gebiet. Irgendwie vermisste ich beinahe den Anblick der kleinen weißen Maden in Eds Visage, die sich mir beim Fund meines Steaks in mein Gedächtnis eingebrannt hatten.

Verdammt, ich war wirklich widerlich! Ich zwang mich, das Thema, um das es eigentlich ging, gedanklich wieder aufzugreifen. Ein Kind sollte Ed getötet haben? Ich dachte an die Bilder von bis an die Zähne mit Kalaschnikows und Pumpguns bewaffneten islamischen Märtyrerkindern, die in unregelmäßigen Abständen immer wieder durch die Medien gingen. Patronengürtel und Tarnkleidung in Konfektionsgröße 98/110. Aber mit einer Kalaschnikow tötete man aus anonymisierender Distanz, mit einer Pumpgun ebenso und außerdem mit einem einzigen, alles schnell beendenden Schuss – eine blutige Angelegenheit, keine Frage, grausam und kaum zu glauben, dass es möglich war, ein Kind so vollständig zu manipulieren, dass es fähig, vielleicht sogar von Grund auf so kaputt war, dass keine Therapie und kein Medikament dafür garantieren konnten, dass es nicht eines Tages wieder zu einer Gefahr für sich selbst und seine Umwelt werden könnte. Aber das, was Ed angetan worden war, war ungleich grausamer, als ein einziger Schuss aus der Ferne, schlimmer sogar als ein Kugelhagel, den man auf jemanden abfeuerte. Sein Mord war offenbar sorgsam geplant und aus nächster Nähe ausgeführt worden, in Anwesenheit eines Zeugen sogar, von dem der Attentäter nicht mit hundertprozentiger Sicherheit hatte voraussehen können, wie stark die plötzliche Lichtveränderung seine Sehfähigkeit beeinträchtigte. War es möglich, ein Kind dazu zu bringen, so etwas zu tun? Wenn ja, womit musste man ihm drohen? Mit Folter vielleicht, oder gar mit dem eigenen Tod?

Ich weigerte mich, Carl zu glauben. Er kauerte noch immer zitternd auf dem Küchenboden, verweint und verängstigt wie ein hilfloses Mädchen, schlimmer noch: Der dunkle, nasse Fleck, den ich in diesen Sekunden erst bemerkte und der von seinem Schritt bin zu den Knien hinabreichte verriet mir, dass er sich vor Angst buchstäblich in die Hosen gemacht hatte. Der Anblick seiner jämmerlichen, blutverschmierten Gestalt widerte mich kaum weniger an, als der Eduards.

»War es die Stimme eines Jungen oder eines Mädchens?«, fragte Judith, die jetzt ein wenig gefasster wirkte, aber immer noch in meinem Arm zitterte, wenn auch nicht so stark wie der dickliche Wirt. Sie vermied es noch immer, in Eds Richtung zu blicken.

Carl schüttelte hilflos den Kopf. Tränen der Angst und der Verzweiflung rannen ihm über die Wangen und gruben helle Furchen in das gerinnende Blut. »Ich weiß es nicht. Bitte ... bitte lasst mich nicht mehr allein. Es kommt sicher wieder ... Die Stimme – sie war ganz hell und ... *böse*. Ich habe noch nie in meinem Leben etwas gehört, das so boshaft klang, und weiß Gott, ich habe schon viel erlebt.« Einen Moment lang blickte er durch Judith hindurch ins Leere und dachte möglicherweise an Unglücke und Schicksalsschläge zurück, die ihn irgendwann einmal getroffen hatten. Schließlich hob er die Schultern: »Wenn es ein Junge war, dann war er noch nicht im Stimmbruch«, sagte er.

»Könnte es einer von uns gewesen sein?« Ich registrierte aus den Augenwinkeln, wie Ellen den

Wirt überrascht ansah und wunderte mich ein bisschen, dass es offenbar erst einer so eindeutigen Anspielung meinerseits bedurft hatte, sie mit der Nase auf die Möglichkeit zu stoßen, dass Carl selbst Eds Mörder gewesen sein konnte. Als sie die Küche betreten und die ersten Sätze mit ihm gewechselt hatte, hätte ich Stein und Bein schwören können, dass sie die Situation für ebenso eindeutig hielt, wie sie mir selbst nach einigen Augenblicken vorgekommen war. Mein Verdacht war ein wenig gemildert worden durch den hochgradig bemitleidenswerten Zustand des Althippies (ich zwang mich jetzt regelrecht, Mitgefühl für ihn und vor allen Dingen für Ed zu empfinden, um nicht in die Verlegenheit zu geraten, mein eigenes Spiegelbild auf absehbare Zeit nicht mehr ertragen zu können, wenn ich noch ein paar weitere dieser abartigen Gedanken und Gefühle zuließ, für die ich mich jetzt schon vor mir selbst in Grund und Boden schämte). Aber auch wenn ich meine Menschenkenntnis in den vergangenen Stunden von Zeit zu Zeit für so überragend gehalten hatte, dass ich es mir sogar anmaßte, Ellens Verfassung psychologisch auszuwerten, täuschte das nicht darüber hinweg, dass ich im wahren Leben ein emotionaler Trampel, ein Versager in Sachen Einfühlungsvermögen und Verständnis war. Immerhin war genau das einer der Gründe, aus denen ich trotz meiner nun auch nicht mehr ganz jungen Jahre noch immer Junggeselle war und noch nicht einmal ansatzweise darüber nachgedacht hatte, eine Familie zu gründen und Kinder zu bekommen, ehe ich von den absurden, testamentarisch festgelegten Bedingungen des Professor Sänger gehört hatte. Wie sollte ich ein kompliziertes Wesen wie die rothaarige Ärztin zuverlässig einschätzen können, wenn ich mich gerade in diesen Stunden selbst nicht verstand? »Wäre es denkbar, dass jemand nur seine Stimme verstellt hat, um wie ein Kind zu wirken?«, erklärte ich meine Frage.

»So kann man seine Stimme nicht verstellen.« Carl schüttelte entschieden den Kopf. »Ich sage euch, es war ein Kind«, beharrte er schluchzend.

»Sollten wir nicht nach Maria suchen?«, fragte Judith, um von dem Unvorstellbaren, das der Wirt uns nahe zu legen versuchte, abzulenken. »Ich meine, vielleicht ist ihr etwas zugestoßen und sie braucht unsere Hilfe.«

»Wenn ihr etwas zugestoßen ist, dann braucht sie unsere Hilfe nicht mehr«, entgegnete Ellen trocken und strich sich mit fahriger Geste eine Haarsträhne aus der Stirn. »So war es jedenfalls jedes Mal bisher.« Sie machte eine kurze Pause und sah dabei jeden einzelnen in der Runde durchdringend an. »Aber vielleicht sucht sie ja auch nach uns?«

Es ist alles nicht echt, dachte ich bei mir. Ihre Coolness, ihre Sachlichkeit – das alles war nur aufgesetzt, nur Teil der auf den ersten Blick scheinbar so makellosen Fassade, von der wir in dieser Nacht bereits zweimal festgestellt hatten, dass sie diese beinahe so schnell wieder um sich herum zu errichten in der Lage war, wie man sie zum Einsturz bringen konnte, wenn man nur an den richtigen Steinchen rüttelte. Der Umstand, dass selbst die erfahrene, abgebrühte Ärztin in unserer Situation mit der Panik zu kämpfen hatte, beruhigte mich. Es machte mich sogar ein bisschen stolz, dass ich im Gegensatz zu ihr, der Unantastbaren, der Kühlen und der Harten, meine Selbstkontrolle – zumindest nach außen hin – bisher noch nicht vorübergehend eingebüßt hatte. Außerdem machte es sie ein kleines bisschen menschlicher.

Oder aber verdächtig.

Ich maß die rothaarige Ärztin mit einem verstohlenen Blick. Ob es mehr als einen Täter geben konnte? Nein, versuchte ich mich selbst schnell wieder zur Vernunft zu bringen. Das war undenkbar! Dann hätten Ellen und Carl gemeinsame Sache machen müssen. Dieser dicke, langhaarige Tölpel und die arrogante Schönheit als kaltblütiges Killer-Team, Bonnie und Clyde in *Psycho* auf Burg Crailsfelden? Eher ging die Sonne im Westen auf, als das diese beiden miteinander kooperieren würden.

Oder sie hatte es allein getan. Ellen war die einzige im Raum, deren Kleider nicht blutverschmiert waren, was sie auf Anhieb entlasten mochte, auf den zweiten Blick aber irrelevant erschien, wenn es sie nicht sogar erst recht verdächtig machte. Sie war Chirurgin. Wenn es jemand von uns hätte bewerkstelligen können, Ed die Kehle durchzuschneiden, ohne dabei auch nur einen einzigen Tropfen Blut abzubekommen, dann sie, weil sie ganz genau wusste, was wann in welche Richtung spritzen würde.

Und wie verhielt es sich mit Judith, meinem niedlichen kleinen Pummelchen, das sich in diesen Augenblicken so scheinbar schwach und schutzbedürftig an mich schmiegte? Ob sie wohl eine Mörderin sein konnte? War es vielleicht gar nicht Abscheu oder Angst vor der Realität, die sie dazu zwang, ihre Blicke nach überall hin zu wenden, außer in Eds Richtung, oder konnte sie nur die Konfrontation mit dem, was sie getan hatte, nicht ertragen. Oder fürchtete sie etwa gar, sich selbst zu verraten, wenn sie seinen entstellten Leichnam betrachtete und sich dabei vielleicht unwillkürlich ein kleines bisschen Zufriedenheit in ihren Blick schlich? War es wirklich nur ihr eigenes Blut, das ihr T-Shirt durchtränkt hatte? Konnte eine so kleine Wunde so stark bluten? Es wäre doch möglich gewesen, dass sie überhaupt nicht die ganze Zeit über zwischen dem Bettgestell und der Wand eingeklemmt gewesen war, dass sie sich nicht die ganze Zeit über im Keller aufgehalten hatte, als ich ohne Bewusstsein gewesen war, oder? Vielleicht war sie noch nicht einmal wirklich eingeklemmt gewesen, sondern hatte sich nur in den Spalt gezwängt und meiner Hilfe nur zum Schein bedurft, um schließlich auf ein im wahrsten Sinne des Wortes lückenloses Alibi zurückgreifen zu können?

Paranoia, schoss es mir durch den Kopf, während mir die an Hysterie grenzende Panik wieder einfiel, die Judith übermannt hatte, als ich Schutt und Geröll beiseite geschafft hatte, um sie zu befreien. Meine Gedanken waren vollkommen paranoid. Judith, eine eiskalte Mörderin mit psychologisch perfekt ausgetüfteltem Plan in der Tasche? Das war unmöglich! Sie müsste eine mehr als geniale Schauspielerin sein, und nicht zuletzt mindestens so krank wie ich, der eine solche Möglichkeit zumindest für einen winzigen Moment in Betracht gezogen hatte. Ich streichelte ihren Rücken, wie um mich für meine unausgesprochenen, irrsinnigen Gedanken zu entschuldigen. So etwas passte nicht zu ihr. Nicht zu der Judith, die ich kennen gelernt hatte, und überhaupt zu niemandem auf der Welt, der nur einen Rest von Gefühl und Menschlichkeit in sich trug.

Aber was war hier schon menschlich, meldete sich eine aufsässige Stimme aus meinem Unterbewusstsein. Und außerdem kannte ich sie doch erst seit heute Abend. Was wusste ich schon von ihr?

Carl. Kein anderer als der Wirt konnte es gewesen sein. Ich ärgerte mich darüber, überhaupt über andere Möglichkeiten nachgedacht und mich damit nur ein bisschen verrückter gemacht zu haben. Seine Angst klang echt, seine Verfassung war eine bedauernswerte, aber das änderte nichts an der eindeutigen Situation, in der ich ihn hier vorgefunden hatte. Offenbar hatte er sich während oder nach seiner grauenvollen Tat buchstäblich in die Hosen gepisst, aber wer fand sich schon in der Psyche eines Mörders zurecht?

Ich jedenfalls nicht. Und genau deshalb musste ich schleunigst aufhören, im Stillen nach jemandem zu suchen, der die Möglichkeit und ein Motiv gehabt hatte, Stefan und Ed zu töten. Im Endeffekt hätte es jeder gewesen sein können, und jedem von uns winkte ein Alleinerbe, das in die Millionen ging, wenn er oder sie diese Nacht allein überlebte. Außer Carl, was ihn ein kleines bisschen entlastete.

»Maria hat Ed bedroht«, stellte Ellen in diesem Augenblick nachdrücklich fest. Ich war so sehr in meine Gedanken versunken gewesen, dass ich ihre letzten Sätze überhaupt nicht verstanden hatte, aber niemand schien bemerkt zu haben, dass ich nicht zugehört hatte. »Ihr habt es alle gehört. Und mal ehrlich: Ging es nur mir so, oder hattet ihr nicht auch den Eindruck, dass sie ein bisschen verrückt ist?«

Genau wie du, dachte ich bei mir und biss mir tatsächlich auf die Zunge, um diese Bemerkung bei mir zu behalten. Es war nicht nur unnötig, Streit zu säen, sondern möglicherweise auch gefährlich. Jeder konnte der Mörder sein, und jeder, der etwas Falsches sagte, der nächste Tote. Außerdem sollten wir zusammenhalten, bis wir definitiv wussten, gegen wen wir unsere Energien zu richten hatten.

»Aber sie hat mit Ed geschlafen«, wandte Judith fast empört ein. »Dann kann sie ihn doch nicht ein paar Stunden später einfach abmetzeln, wie ein Stück Vieh!«

»Vielleicht gerade deshalb?« Ellen verzog das Gesicht zu einem gründlich missratenen Grinsen und sah mit einer abschätzend hochgezogenen Braue zu Eds Leichnam hinüber. »Vielleicht hat der liebe Ed uns ja auch etwas vorgeschwindelt, und in Wirklichkeit war da gar nichts?«

»Aber sie hat ihm nicht widersprochen«, wandte ich kopfschüttelnd ein. Das überraschend unbefangene Gerede der beiden Frauen über Sex war mir unangenehm, und ich hoffte, das Thema mit dieser Feststellung abschließen zu können, ehe die Debatte weitergeführt werden und wieder dahingehend ausarten konnte, dass erneut Ellens Paarungstheorie und damit auch mein kleines Abenteuer mit Judith peinlich angetastet wurde.

»Vielleicht haben Maria Eds freche Lügen einfach sprachlos gemacht«, mutmaßte Ellen schulterzuckend. »Im Übrigen könnten seine Lügen über sie noch ein weiterer Grund für Maria gewesen sein, ihn umzubringen. Und wenn es stimmte ... Mal ehrlich – wer mehr oder minder freiwillig mit einem Typen wie Ed in die Kiste hüpft, der hat doch wohl einen mächtigen Sprung in der Schüssel, oder?«

Insgeheim fragte ich mich, wie Ellen wohl über Judith und mich dachte, und wie sie über mich reden würde, wenn ich derjenige wäre, der schwer verletzt oder gar tot irgendwo in dieser gottverdammten Burg herumliegen würde. Doch ich wollte mir lieber ihre potenzielle Hassrede gar nicht allzu genau vorstellen. Sie urteilte zu schnell über Maria. Sicher verdächtigte auch ich sie, genau wie alle anderen hier. Aber ich verhandelte im Stillen über meine Vermutungen und Ängste, bemühte mich darum, zumindest nach außen hin niemanden direkt ins Visier zu rücken, so lange ich nicht hundertprozentig sicher war, dass ich den Mörder unter uns ausgemacht hatte. Jeder von uns hatte sich auf seine Weise schon verdächtig benommen, sogar ich selbst.

»Aber es war eine Kinderstimme …«, murmelte Carl weinerlich.

»Das heißt gar nichts!«, fuhr Ellen ihn harsch an. Ich zuckte erschrocken zusammen, und auch Judith warf mir einen irritierten Blick zu und griff unsicher nach meiner Hand. »Erstens weiß ich nicht, ob du wirklich mitbekommen hast, was passiert ist«, stellte die Ärztin fest. »Halb verrückt vor Angst ist man nicht gerade ein objektiver Beobachter. Und zweitens kann sich die Stimme eines Menschen unter bestimmten Bedingungen extrem verändern. Bei schizophrenen Patienten in der Psychiatrie kann man zum Beispiel beobachten, dass sie mit verschiedenen Stimmen sprechen, je nachdem, welcher Teil ihres gespaltenen Bewusstseins sich gerade zu Wort meldet. Bei solchen Patienten sind Wahnvorstellungen der Alltag. Vielleicht hat Maria ja tatsächlich mit Ed geschlafen … Oder besser gesagt, einer der Gäste in ihrem verdrehten Verstand, hat es getan. Die anderen Persönlichkeitsanteile hätten dann daran keine Erinnerung. Dieser anderen Maria würde es wie eine infame Lüge erscheinen, wenn man behauptet, man habe mit ihr Sex gehabt. Und in gewisser Weise hätte sie damit sogar Recht …«

»Das erscheint mir alles ziemlich weit hergeholt.« Etwas in mir weigerte sich entschieden, Ellens Urteil so einfach anzuerkennen. Sie hätte eine hervorragende Staatsanwältin abgegeben, wie sie so vor uns stand, dachte ich bitter: Schön, kühl, selbstsicher und sachlich wirkend, und mit einem rhetorischen Geschick ausgestattet, das es dem Richter nur zu leicht machte, die Schuld des Angeklagten für plausibel zu halten, ohne dass Ellen dazu hieb- und stichfeste Fakten vorgebracht hätte. Für meinen Geschmack machte sie es sich eindeutig zu leicht. Wir konnten der grauen Maus doch nicht ernsthaft vorhalten, dass sie Ed in einer angespannten Lage angeblafft hatte? Und dass sie sich, wie außer Ellen alle anderen hier, wahrscheinlich zum ersten Mal mit einer Leiche konfrontiert gesehen hatte und kurzfristig durchgedreht war? Auch konnten wir ihr nicht verübeln, dass sie ein Verhalten an den Tag gelegt hatte, das ihr im Nachhinein wahrscheinlich einfach nur noch peinlich war, und dass sie Dinge gesagt hatte, die sie unter normalen Umständen ganz sicher niemals in den Mund genommen hätte. Ich konnte Maria nicht ausstehen. Dennoch verspürte ich in diesem Moment den Drang, sie in Schutz zu nehmen, obwohl sie nicht einmal bei uns war – vielleicht auch gerade deshalb. Auch ich hatte schließlich schon Mordgedanken gehabt, weil Ed mir mit seinen spinnerten Einfällen schlichtweg auf den Senkel gegangen war. Ich hatte nur nicht denselben Fehler gemacht wie Maria, sondern hatte diese Gedanken vorsichtshalber (aus Instinkt, Vernunft oder Feigheit, wer wusste das schon so genau) für mich behalten. Aber deswegen war ich noch lange kein Mörder. Mich schützend vor Maria zu stellen, war nicht ganz uneigennützig: So, wie Ellen nun über sie sprach und sie in ein denkbar schlechtes Licht rückte, sodass sie vielleicht besser daran tat, überhaupt nicht mehr hier aufzutauchen, würde Ellen auch über Carl und Judith urteilen, ebenso über mich.

»Und, wie siehst du das? Hast du eine Meinung?« Ellen richtete ihre Frage nicht an mich, sondern blickte stattdessen Judith herausfordernd an.

»Ich finde, dass du Recht hast«, erklärte Carl an ihrer Stelle in resignierendem, fast unterwürfigem Tonfall, noch bevor Judith Gelegenheit hatte, auch nur ein einziges Wort herauszubringen. »Ellen ist Ärztin. Sie weiß besser als wir alle, wovon sie spricht. Ich finde gerade diese verhuschten Typen immer unheimlich. Ich meine, wer hätte dieses unscheinbare, stille Ding schon für eine Mörderin gehalten ...? Stille Wasser sind schließlich tief, und Maria hat kaum je den Mund aufbekommen ... Wir wissen, dass sie sehr viel über die Verbrechen im Dritten Reich wusste. Das sind wirklich Abgründe, in die man da eintaucht, wenn man sich mit so was beschäftigt.«

Das weißt du wohl besser als wir alle, dachte ich bei mir, während ich mit einem Anflug der Zufriedenheit feststellte, dass Carl einmal mehr im Begriff war, sich selbst um Kopf und Kragen zu reden. Vielleicht wäre ich Ellen nicht so schnell in den Rücken gefallen, wenn sie ihre pseudopsychologische Hetzrede nicht über Maria, sondern über den Wirt abgehalten hätte.

In dem Augenblick, in dem ich einmal mehr drauf und dran war, mich keinen Deut anders zu verhalten als die junge Ärztin und einen anderen vorzuverurteilen, ohne auch nur einen einzigen Beweis für seine Schuld in der Hand zu haben, wurde mir bewusst, was wir hier eigentlich taten: Wie Raubtiere lauerten wir nur so darauf, dass einer der anderen irgendeinen Fehler machte, um ihm die Schuld für alles Unglück zuschieben und ihm an die Kehle gehen zu können. Es bot unserer Wut, unserer Hilflosigkeit und unserer Verzweiflung ein Ventil, uns auf irgendeinen Sündenbock konzentrieren zu können und uns selbst damit ein vermutlich durch und durch trügerisches Gefühl der Sicherheit vorzugaukeln. Wir mussten uns zusammenreißen. Alle.

»Vielleicht sind bei Maria endgültig die Sicherungen durchgebrannt, als sie entdeckt hat, dass Eds Großvater ein SS-Mann war«, fuhr Carl fort. »Ich meine, das ist ja auch ein merkwürdiger Zufall ... Dass Eds Großvater ausgerechnet mit diesem Klaus Sänger zu tun hatte, der diese Schule betrieben hat und offensichtlich bis über beide Ohren in irgendwelche obskuren Machenschaften verstrickt war.« Er sah sich mit Zustimmung heischendem Blick um.

Ich wollte wirklich an meinem Vorsatz festhalten, und wenigstens versuchen, mir ein objektives Urteil über einen jeden hier zu bilden, aber der dickliche Wirt ließ wirklich keine Gelegenheit aus, bei mir jeden ohnehin kaum vorhandenen Ansatz von Sympathie zu verspielen. Seine unterwürfige Art war mir beinahe noch mehr zuwider, als der stinkende, dunkle Fleck zwischen seinen Beinen. Dreckiger Schleimer, dachte ich bei mir. Sobald du Oberwasser hast, hättest du nicht die geringsten Skrupel, uns in den Rücken zu fallen. Was hatte Carl gesagt? Es sei vor allem unsere Gier gewesen, die uns hierher getrieben hätte? Das stimmte nicht. Er war es gewesen, niemand sonst. Wir waren mutterseelenallein gewesen in diesem gottverlassenen Kaff, ohne Bus- und Bahnverbindung oder einen sonstigen Anschluss an die Zivilisation. Ganz allein Carl war es gewesen, der uns auf diese Burg hinauf verfrachtet hatte, in der wir nun festsaßen. Und mit seiner abfälligen Äußerung über unsere vermeintliche Gier hatte er auch noch klargestellt, dass er uns das, was hier geschehen war und vielleicht noch passieren würde, von ganzem Herzen gönnte. Ich hasste ihn.

»Ich finde psychologische Analysen, die auf der Basis von Hollywoodfilmen getroffen werden, mehr als fragwürdig«, sagte Judith kühl, und ich beobachtete zufrieden, wie Carl den Blick betroffen senkte und noch ein Stück weiter in sich zusammensackte, wie ein getretener Köter. Hätte er wieder angefangen, herumzuwinseln, und hätte ich zufällig einen Knochen in der Hosentasche gehabt, hätte ich ihm den glatt vorgeworfen, übrigens aber nur, um ihm diesen gleich wieder abzunehmen, sobald er daran geschnuppert hätte. »Und nur weil unsere Frau Chirurgin vielleicht weiß, wie man ein Hirn tranchiert, bezweifle ich, dass sie Expertin in Sachen Seele ist«, fuhr Judith schnippisch fort. »Bei einem Wasserrohrbruch frage ich schließlich auch keinen Elektriker um Rat.«

Ich war auf dieser Burg eingesperrt mit zwei Leichen, einem zumindest Halbtoten und drei Personen, die ich nicht ausstehen konnte und von denen ich mindestens eine des Mordes verdächtigte. Ich war mit meinen Kräften physisch und psychisch so gut wie am Ende, unschlüssig, ob mich zuerst der physische Zusammenbruch oder der Wahnsinn holen würde. Dennoch musste ich über Judiths freche Bemerkung schmunzeln und mich beherrschen, nicht allzu breit zu grinsen und damit Ellen unnötig gegen mich aufzubringen. Auch wenn die junge Ärztin sich nicht die Blöße gab, gekränkt dreinzuschauen, mit einem giftigen Spruch zu kontern oder auch nur mit einem arroganten Naserümpfen auf Judiths Bemerkung zu reagieren, was das Mindeste war, das ich erwartet hätte, merkte man doch, dass diese Spitze gesessen hatte. Es war nur ein Zucken des Muskels zwischen ihrem Wangenknochen und dem rechten Auge, eine kaum sichtbare Regung bloß, aber sie zeigte allzu deutlich, wie sehr Judiths Worte sie getroffen hatten. Wahrscheinlich hatte Judith den Nagel auf den Kopf getroffen, ohne wirklich darauf abgezielt zu haben, dachte ich bei mir. Nein, Ellen hatte keine Ahnung von der menschlichen Seele, nicht einmal von ihrer eigenen. Aber sie war dabei, unfreiwillig eine ganze Menge darüber zu lernen.

Ellen blinzelte. Auf einmal schien sie sehr erschöpft, und ein leichtes Beben ihres Unterkiefers verriet, dass sie nur mühsam ein Gähnen unterdrückte. Sie sah Judith nicht ins Gesicht. Mein Blick folgte dem ihren und blieb an der Wunde an Judiths Arm hängen. Sie hatte übel ausgesehen, als ich sie zuletzt betrachtet hatte – nun aber bot sie einen nahezu dramatischen Anblick. Der tiefe Schnitt in ihrem Oberarm war erneut und wenn ich mich nicht täuschte sogar noch weiter aufgeplatzt, sodass wieder dickes, dunkles Blut aus der Wunde hervorquoll und nicht einfach nur auf den Boden tropfte, sondern gleich als dünner Faden an ihrem Arm hinabrann und eine hässliche, kleine Pfütze zwischen ihren und meinen Füßen bildete. Ich sog erschrocken die Luft zwischen den Zähnen ein.

»Ich sollte mir das mal näher ansehen«, sagte Ellen müde, aber entschlossen und trat einen Schritt auf Judith zu.

»Das ist nichts«, winkte Judith ab und wich vor Ellen und auch vor mir zurück. Ich bemerkte, wie unsicher, fast taumelnd ihr Gang war. Als hätte sie erst in dem Augenblick, in dem Ellen sie darauf aufmerksam gemacht hatte, bemerkt, wie schwer sie verletzt war, ging ihr Atem plötzlich schwer und laut, und ein schmerzverzerrter Ausdruck trat auf ihr Gesicht. Erst jetzt fiel mir auf, wie bleich sie geworden war. Ihre Haut war weiß wie die sprichwörtliche Kreide, und die wenigen Sommersprossen um ihre Nase herum leuchteten wie Glutfunken, die sich durch eine frische Schneedecke gebrannt hatten.

»Die Wunde scheint mir sehr verschmutzt zu sein«, setzte Ellen zu einer ersten Diagnose an, aber Judith schnitt ihr energisch das Wort ab und funkelte sie zornig an. »Was macht das schon, wenn wir ohnehin alle sterben?«, fuhr sie Ellen an, als trüge die Ärztin die alleinige Schuld für unser düsteres und unausweichliches Schicksal. »Ich glaube nicht, dass ich noch lange genug lebe, um ganz allmählich an einer Blutvergiftung zu krepieren.«

Einen kurzen Moment lang herrschte bedrückende Stille. Ellen und ich starrten Judith mit einer Mischung aus Schrecken, Ungläubigkeit und plötzlicher, grauenhafter Erkenntnis an, während Judith sich selbst erschrocken die Hand vor den Mund presste, als hätte sie das, was sie selbst gesagt hatte, erst verstanden, nachdem es über ihre Lippen gesprintet war. Ich fühlte mich wie ein Angeklagter in einem Gerichtssaal, in dem gerade das Todesurteil verkündet worden war.

Ich forderte Berufung. Ich hatte mir nichts zuschulden kommen lassen und würde mich nicht widerstandslos ergeben. Mein eigenes Leben würde ich so teuer wie möglich verkaufen und auch nicht dulden, dass einem der anderen irgendetwas zustieß!

»Wir werden uns einfach irgendwo verschanzen und von jetzt an zusammenbleiben«, sprudelte es aus mir hervor. »Sie haben uns immer erwischt, wenn wir allein waren. Das darf nicht wieder passieren! Es können höchstens noch ein paar Stunden bis zum Morgengrauen sein ... Ich habe nicht vor, hier einfach so draufzugehen!«

»Noch etwas mehr als drei Stunden, dann wird es hell«, stellte Ellen mit einem Blick auf ihre sündhaft teure Armbanduhr fest, die im Gegensatz zu meiner noch keine bleibenden Schäden aus dieser Nacht davongetragen hatte. Nachdem sie ihren ersten Schrecken überwunden hatte, war ihr Gesicht wieder zu einer ausdruckslosen, wie versteinert wirkenden Maske erstarrt, von dem abzulesen, was sie denken oder empfinden mochte, eine schier unlösbare Aufgabe war. »Und noch etwas: Ed war keineswegs allein, als er ermordet wurde.«

»Wir ziehen uns in irgendein abgelegenes Zimmer zurück, das nur einen Eingang hat«, wiederholte ich, wobei ich ihren Hinweis auf die genaueren Umstände von Eduards Tod geflissentlich überging. »Wir könnten uns dort verbarrikadieren und –«

»Zuallererst sollte ich nach Judiths Arm sehen«, unterbrach Ellen mich seufzend. »Ich weiß nicht, wie viel Blut sie verloren hat, aber ich fürchte, wenn die Wunde nicht versorgt wird, wird sie bald umkippen.« Sie schenkte Judith ein dünnes Lächeln. »Und noch ein kosmetischer Tipp von der Metzgerin deiner Wahl: Wenn die Wunde nicht genäht wird, dann wirst du eine breite Narbe zurückbehalten. Das ist in der Tat egal, wenn wir heute Nacht noch alle draufgehen, aber ich verspreche dir, es wird dich bald höllisch ärgern, wenn wir doch überleben sollten. Keine kurzärmeligen Hemden mehr, keine luftigen Sommerkleider mit Spaghettiträgerchen ...« Sie schüttelte den Kopf. »Narben sind der Schmuck des Mannes«, behauptete sie. »Bei uns Frauen sehen sie einfach nur hässlich aus.«

Schätzchen, dachte ich. Sie hatte das abfällig angehängte *Schätzchen* vergessen oder es sich bewusst verkniffen. Seit Judith wieder an meiner Seite gegangen war, mich sogar ganz offen an der Hand gehalten und umarmt hatte, war Ellen ihr wieder mit derselben Arroganz begegnet, die Judith vor der kurzfristigen Waffenruhe so sehr gegen sie aufgebracht hatte. Ich verstand Ellen nicht, aber dieser Umstand beunruhigte mich nicht weiter. Man musste nicht besonders unsensibel oder begriffsstutzig sein, um aus Frauen untereinander nicht schlau zu werden. Was ich allerdings begriff, war, dass Ellen in ihrer Chirurginnenrolle, in der sie seit einigen Minuten wieder aufging, eine beeindruckende natürliche Autorität ausstrahlte, die auch an Judith nicht wirkungslos abprallte. Sie betrachtete einen Augenblick lang das dunkle, dickflüssige Blut, das noch immer aus der Wunde quoll und nun auf die Tischplatte hinabtropfte, und nickte schwach. »Du hast ja Recht«, sagte sie leise.

Ellen griff nach der Erste-Hilfe-Tasche aus dem ruinierten Geländewagen, die noch immer neben Eds Stuhl stand. »Es ist besser, wenn du dich wäschst.« Sie bot Judith ihren Arm an. »Ich kann dich rauf zur Dusche bringen.«

»Ich ... ich werde deine Sachen einsauen.« Judith schüttelte den Kopf und wirkte auf einmal regelrecht eingeschüchtert. »Ich meine ...«

»Das wäre nicht das erste Mal, dass ich mir neue Klamotten mit Blutspritzern ruiniere«, lächelte Ellen, zuckte leichthin mit den Schultern und blickte vielsagend an ihrer völlig durchnässten, nichtsdestotrotz (oder gerade deshalb ...) noch immer aufreizenden Garderobe hinab. »Berufsrisiko.« Sie legte sich Judiths linken Arm über die Schulter, um sie zu stützen, und einen kleinen Moment lang sah es so aus, als wolle Judith doch noch dagegen aufbegehren. Aber dann siegte entweder ihre Vernunft, oder ganz einfach die Schwäche, und sie ließ sich von der Ärztin auf die Küchentür zu und hinausführen.

»Kümmerst du dich um Carl?«, fragte Ellen mit einem kurzen Blick über die Schulter zu mir zurück, ehe sie mit Judith in der Empfangshalle verschwand, ohne eine Antwort abzuwarten.

»Ich ... sicher.« Ich nickte langsam und schüttelte fast gleichzeitig den Kopf, während ich mich irritiert und ein wenig hilflos dem nach wie vor auf dem grauen Linoleumboden kauernden Wirt zuwandte.

Carl streckte mir zögernd die Hand entgegen, wohl in der Erwartung, dass ich ihm beim Aufstehen behilflich sein würde, aber ich verzog nur angewidert das Gesicht. Mich um Carl kümmern? Ich hatte keine Ahnung, was Ellen bei diesen Worten vorgeschwebt war, weigerte mich aber, dieser Aufforderung auch nur gedanklich nachzukommen, sofern es darauf hinaus lief, dass ich diesen erbärmlich nach Schweiß und Urin stinkenden, aufgeschwemmten Kerl mit den langen, verfilzten und nun auch noch zu dicken Strähnen mit Blut verklebten Haaren dazu in irgendeiner Form berühren musste. Noch immer schmeckte ich Magensäure und bittere Galle auf meiner Zunge, und ich befürchtete, mich erneut übergeben zu müssen, wenn ich dem Wirt zu nahe kam. Dabei war noch nicht einmal sein abscheulicher Anblick oder sein widerwärtiger Geruch letztlich entscheidend, sondern vielmehr die noch immer unbeantwortet an mir nagende Frage nach dem Part, den er in dieser ganzen Geschichte spielte, was er mit den beiden Morden zu tun hatte, und was in seinem kranken Hirn wohl vorgehen mochte, dass er es fertig brachte, so glaubhaft in eine derart jämmerliche Rolle zu schlüpfen.

Ich zog eine Grimasse und tastete den Boden mit Blicken nach dem blutigen Napola-Dolch ab, der mir aufgefallen war, als ich die Küche betreten hatte. Ich hatte keine Beweise gegen Carl, also war ich auf ein Geständnis angewiesen. Dieser verfluchte Nazidolch war die Waffe, die Stefans Leber durchbohrt hatte, und auch die, mit der Ed vor Carls Augen (vielleicht durch seine eigenen Hände?) ermordet worden war – ihn nun gegen den Wirt selbst zu richten, würde eine mehr als deutliche Sprache sprechen. Wenn es etwas Interessantes gab, was er uns bislang verschwiegen hatte (und mein Gefühl sagte mir, dass es jede Menge Dinge gab, die der dicke Althippie uns vorenthalten hatte), dann würde ich ihn nun zum Reden bringen. Wir waren unter uns.

Ein eisiger Schauer durchfuhr mich, als ich mich nach der Waffe bückte und sie an mich nahm. Mein Magen zog sich schmerzhaft zusammen, sodass ich ein weiteres Mal gegen den Brechreiz ankämpfen musste. Mir war, als würde ich etwas Verbotenes, Unmoralisches, mehr noch, etwas unglaublich Schreckliches tun. Dieses gottverdammte Ding hatte zwei Menschenleben ausgelöscht, und für einen winzigen Moment hatte ich das Gefühl, als würde die eisige Kälte des rasierklingenscharf geschliffenen Metalls, durch meine Fingerspitzen hindurch, auf meinen Kreislauf übergreifen und sich wie eine eisige Klaue um mein Herz legen, um es zu Eis erstarren zu lassen. Ich selbst würde dann vermutlich ungewollt zu einer blutrünstigen Bestie mutieren, aber diese Befürchtung, beruhigte ich mich selbst in Gedanken, war nur Teil des ganz normalen Wahnsinns, der infolge der Schrecken der vergangenen Stunden langsam Besitz von mir ergriffen hatte. Ihn nicht zu verspüren, wäre wahrscheinlich ein bedenklicheres Zeichen gewesen, als ihm vielleicht irgendwann zu erliegen. In meiner Situation wäre ich eher unnormal gewesen, wenn ich normal geblieben wäre. Es ist nur ein Stück Stahl, redete ich mir selbst gut zu, nichts als ein bisschen Metall, das nicht die Macht über dich hat, sondern über das du umgekehrt deine Macht spielen lassen kannst. Ich durfte nicht zulassen, dass ich mich mit meinen verrückten Gedanken in die Verlegenheit brachte, mich letztlich selbst mehr vor dieser Waffe zu fürchten als sie Carl beeindruckte, dem ich mit ihrer Hilfe das eine oder andere düstere Geheimnis entlocken wollte. Und wenn ich mich schon vor diesem bescheuerten Messer in meiner Hand ängstigte, dann durfte ich mir das wenigstens nicht anmerken lassen. Carl war ein grandioser Schauspieler, wie er da schlotternd vor mir saß und wortlos, mit verängstigtem Blick um Mitgefühl schnorrte. Ich musste besser sein.

Prüfend strich ich mit dem Daumen über die wirklich erstaunlich scharfe Klinge. »Scharf genug für eine Rasur«, murmelte ich so leise, dass man glauben musste, ich spräche mit mir selbst, aber auch gerade laut genug, dass Carl meine Worte auf jeden Fall verstand.

»Sehr witzig!« Carls Stimme war kaum lauter als die meine, hatte aber einen schrillen Klang. Er zog die Hand, die er noch immer in meine Richtung gehalten hatte, erschrocken zurück, presste sich mit dem Rücken gegen die alten Spanholzmöbel der schlichten Einbauküche und beäugte mich misstrauisch.

»Dann bringen wir die Sache mal zu Ende«, sagte ich, zuckte resignierend mit den Schultern, trat seufzend auf ihn zu und baute mich vor ihm auf. Dann musterte ich ihn mit schräg gelegtem Kopf und einer hochgezogenen Augenbraue, als sei ich unschlüssig, an welcher Stelle ich den ersten Schnitt setzen sollte.

Der dicke Wirt riss ungläubig die Augen auf und schnappte japsend nach Luft. »Du machst doch wohl Spaß ... nicht wahr?« Carl brach in ein kurzes, hysterisches Gelächter aus. »Klasse ...«, stammelte er. »Ich mag Leute mit Humor. Ich ... ich lass' keine Comedy-Sendung aus. Magst du auch Comedys, Frank?«

Ich blickte kurz zur Küchentür. Judith und Ellen waren längst im Obergeschoss verschwunden. Ich achtete darauf, den Kopf schnell genug wieder in seine Richtung zu drehen, dass er mein zufriedenes, scheinbar nur an mich selbst gerichtetes Lächeln noch erhaschen musste, ehe es zu einer eisigen Maske erstarrte, als ich ihn wieder ansah. Der Wirt sollte mich ruhig für irrsinnig halten; das machte mich in seinen Augen ein bisschen unberechenbarer.

Carl fuhr sich mit seiner fleischigen Zunge über die Lippen. Sie erinnerte mich an einen fetten Wurm, der sich zwischen zwei Sandwichscheiben hindurchzwängte. Außerdem stank er inzwischen wirklich bestialisch. Aus so unmittelbarer Nähe war seine Gegenwart kaum mehr zu ertragen. Er hatte sich also in die Hose gepisst, als Ed neben ihm ermordet worden war! Einen kleinen Augenblick lang dachte ich darüber nach, ob es mir selbst vielleicht ähnlich ergangen wäre, wenn ich in seiner Situation gewesen wäre und die Dinge sich tatsächlich so abgespielt hatten, wie er behauptete, und wenn ich hilflos hätte miterleben müssen, wie in meiner unmittelbaren Nähe ein Mensch ermordet wurde. Gab es etwas Grausameres? Dennoch gelangte ich zu der Überzeugung, dass meine Blase dieser Erfahrung sehr wohl Stand gehalten hätte. Neben mir hätte ein ganzes Massaker stattfinden können, ohne dass ich mir diese, mich selbst zutiefst demütigende Blöße gegeben hätte! Carl, diese jämmerliche, dicke Wanze, war mir zutiefst zuwider. Wenn nicht er der Mörder war, aus welchem Grund hätte der Killer ihn verschonen sollen? Es wäre so leicht gewesen, ihn gleich mit zu töten, und wenn ich in der Haut eines perversen, blutgeilen Mörders gesteckt hätte, dann hätte ich mir die Wonne, ihm ein paar seiner widerlichen Speckschwarten vom Leib zu schälen, auf keinen Fall entgehen lassen. Der einzige Grund, der in meinen Vorstellungen Platz fand und dazu hätte führen können, dass der Mörder diesen hässlichen, stinkenden Kerl am Leben gelassen hatte, war der, dass er wollte, dass es einen Zeugen gab. Carl hatte uns sehr drastisch beschreiben können, was geschehen war, ohne jemanden direkt zu erkennen. Und seine Panik hatte etwas sehr Ansteckendes. Wer auch immer dieser Killer sein mochte, er oder sie konnte nicht vollkommen irrsinnig sein. Die Morde waren bis ins Detail geplant, und wir standen wahrscheinlich die ganze Zeit unter genauer Beobachtung.

Ein harter, bitter schmeckender Kloß bildete sich in meinem Hals. Ich legte den Kopf in den Nacken, drehte mich langsam um die eigene Achse und suchte die Decke über mir systematisch und genau nach etwas Verdächtigem ab. Kameras, schoss es mir durch den Kopf. Ob es hier irgendwo versteckte Kameras gab? Ob der Mörder sich irgendwo in den Irrgängen unter der Burg oder in einer abgelegenen Kammer verschanzt hatte und via Laptop jeden Schritt und jede Geste, die einer von uns machte, mitverfolgte, vielleicht jedem Wort, das gesprochen wurde, lauschte, vor einer ganzen Videowand breitbeinig in einem riesigen Fernsehsessel lungerte und sich von der immer stärker um sich greifenden Panik in diesen düsteren Gemäuern sabbernd erregen ließ, während er mit einem Rest von Verstand seinen nächsten Orgasmus in Form eines weiteren, grauenvollen Mordes plante?

Ich wandte mich wieder dem am Boden kauernden Wirt zu. Mein Blick streifte die blutverschmierte Waffe in meiner Hand, mit der ich ihn wenige Sekunden zuvor noch regelrecht zu foltern gewillt gewesen war. Wer war hier eigentlich der Perverse? Der Mörder oder ich?

»Im Grunde mag ich auch keine Comedys«, erklärte Carl in unterwürfigem Tonfall. Er, dachte ich. Carl war der Perverse. Sein devotes Gestammel kotzte mich an. Ich konnte ihn mir bildlich in Lacklederpants vorstellen, mit einem hinter einer schwarzen, hauteng anliegenden Maske, die nur Augen und Mund freiließ, verborgenen Gesicht und mit einem nietenbesetzten Halsband, von dem eine Leine zu seiner Domina reichte. Ich war nicht sicher, ob sein Anblick in der Realität wirklich angenehmer war. »Die bringen immer wieder dasselbe und machen sich über Leute lustig, die sich nicht wehren können.« Der Wirt lachte ein unechtes, nervöses Lachen. Seine Pupillen irrten hektisch hin und her, scheinbar war er unschlüssig, in welche Richtung er sich gleich wenden sollte, wenn er endlich die Courage aufbrachte, aufzuspringen und vor mir zu flüchten. »Das ist nicht wirklich mein Niveau, weißt du«, sprudelte er hervor. »Ich war früher sehr aktiv in der Friedensbewegung, war auf der großen Demo gegen den Natodoppelbeschluss in Bonn. Die im Dorf haben dazu immer ja und amen gesagt. Haben mich für verrückt gehalten. Deren Welt ist so groß wie ein Kuhfladen, was außerhalb des Dorfes passiert, interessiert die nicht. Aber ich habe mich immer engagiert …«

»Glaubst du ernsthaft, dass mich das alles interessiert?« Ich griff nach der Rolle mit dem Klebeband, das Stefan auf der Arbeitsplatte abgelegt hatte, nachdem er den Wirt an den Stuhl gefesselt hatte. »Wenn du mich weiter so zuschwallst, dann werde ich dir das Maul stopfen. Für Heuchler wie dich habe ich nichts übrig«, sagte ich trocken. Es waren die ehrlichsten Worte, die ich hervorgebracht hatte, seit Judith und Ellen mich mit Carl allein gelassen hatten. »Steh auf.«

»Aber ... ich ... was ...«, stammelte Carl hilflos.

»Steh auf«, wiederholte ich ruhig, aber mit deutlichem Nachdruck in der Stimme. Der Wirt zögerte noch einen kleinen Augenblick, aber dann erhob er sich langsam mit dem Rücken zum Unterschrank, wobei seine nasse Jeans ein hässliches, schmatzendes Geräusch erzeugte, als sie sich von dem Gummibelag auf dem Boden löste. Ich zog eine angewiderte Grimasse und bedeutete ihm mit einer Geste, sich umzudrehen. »Leg deine Hände auf den Rücken«, befahl ich schroff.

»Was ... was soll das?« Carl dachte überhaupt nicht daran, meiner Aufforderung nachzukommen, sondern drehte sich im Gegenteil erschrocken zu mir herum.

Ich antwortete nicht. Eigentlich wusste ich ja selbst nicht, was ich hier tat, es gab keinen rationalen Grund, der mich dazu berechtigte, den übergewichtigen Wirt zu fesseln oder auf sonstige Weise zu quälen. Zwischenzeitlich rechtfertigte ich mein eigenes Tun mit dem Gefühl, dass er mir etwas verschwieg, und mit der Idee, dass er bewusst zu unserer unglückseligen Lage beigetragen hatte oder gar eine Mitschuld am Tod von Stefan oder Ed trug. Aber das waren nur Vorwände, mit denen ich mich vor meinem eigenen Gewissen reinwaschen konnte. Tatsächlich war ich froh, dass Ed nicht mehr unter uns war, und auch meine Trauer um Stefan beschränkte sich auf den Umstand, dass ich mit ihm die einzige nennenswerte männliche Unterstützung in diesem Horrorhaus verloren hatte. In Wirklichkeit war das kaum erträgliche, bittere Gefühl von Hilflosigkeit und Ausgeliefertsein, das Judiths Worte in mir ausgelöst hatten, mittlerweile in eine Art schwer zu zügelnder Wut umgeschlagen, und der Wirt war eine willkommene Zielscheibe, auf die ich meine brennenden Hasspfeile abfeuern konnte. Der Dicke machte ohnehin nichts als Ärger. Wenn er nicht selbst der Mörder war, den wir suchten, dann war er zumindest der Erfüllungsgehilfe des Killers, der hier umging. Außerdem hatte er uns hier heraufgebracht. Er war verschont worden, als Ed getötet worden war, obwohl er den Tod tausendfach eher verdient hätte!

Ich setzte ihm die Klinge des Napola-Dolches an die Kehle. »Am liebsten würde ich dich hiermit ausweiden, Dickerchen«, zischte ich boshaft. »Was glaubst du, wie lange es dauert, mit dieser Klinge deine Schwarte abzulösen? Es geht sicher schneller, als sich in der Klinik das Fett absaugen zu lassen, und trotzdem verspreche ich dir, dass wir noch eine ganze Weile unseren Spaß miteinander haben werden, ehe du den Löffel abgibst.«

»Du … du hast gehört, was Ellen gesagt hat. Du sollst mich nach oben bringen!« Carl versuchte, vor mir zurückzuweichen, aber es blieb bei dem Versuch, und so beugte er sich nur so weit rückwärts über die Arbeitsplatte, dass sein blutverklebtes Haar ein hässliches Muster auf dem beklebten Sperrholz hinterließ, eine Unzahl haarfeiner, blutroter Äderchen auf weißem Untergrund. Ich konnte den Hexenschuss, den er sich bei diesem, in Anbetracht seines Alters und seiner Körperfülle, fast akrobatischen Ausweichmanöver wahrscheinlich zuzog, beinahe hören und sah, wie sich zu dem Ausdruck von Angst auch noch einer von empfindlichem Schmerz gesellte, aber mein Mitleid hielt sich in von Scharfschützen und Bluthunden bewachten Grenzen.

»Sie hat gesagt: *Kümmerst du dich um Carl*?«, verbesserte ich ihn mit einem sardonischen Lächeln. »Das kann man sehr weit auslegen. Glaubst du wirklich, einem von uns wäre an dir gelegen? Du widerst mich an. Ich glaube nicht, dass Ellen dich wieder sehen will. Schon vergessen, wie du uns im Keller herumgeschubst hast?«

»Ich ... ihr ... Es tut mir Leid«, stammelte der Wirt und richtete sich im Zeitlupentempo wieder auf, wobei er den blutverschmierten Dolch in meiner Hand nicht den Bruchteil einer Sekunde aus den Augen ließ. Dann sank er zitternd vor mir auf die Knie. »Ich werde niemandem von euch etwas tun, ganz bestimmt nicht. Das ... das könnte ich doch gar nicht! Bitte ...« Ich sah, wie sich seine Augen mit Tränen füllten. Der Wirt schluchzte. Ein wenig Schnodder rann aus seiner Nase und auf seine Oberlippe hinab, aber sein jämmerlicher Anblick verschaffte mir keine Befriedigung, und er lockte auch nicht mein Mitgefühl hinter der mit Stacheldraht bewehrten, meterhohen Mauer hervor, hinter der es sich verschanzt hatte, sondern stachelte mich im Gegenteil eher noch mehr auf. Ich verspürte eine abartige Lust, ihm seine fleischige Knubbelnase mit der Klinge in meiner Hand abzutrennen, damit er zumindest in dieser Hinsicht aufhörte, mein Ästhetik liebendes Auge mit seinen unkontrolliert austretenden Körperflüssigkeiten zu quälen. »Ich tue alles, was ihr sagt«, heulte Carl. »Bitte!«

»Dreh dich um«, befahl ich ungerührt.

Carl setzte zu einem Widerspruch an, überlegte es sich nach einem weiteren, sehr intensiven Blick auf die stählerne Klinge in meiner Hand aber anders, rappelte sich langsam wieder auf und legte gehorsam die Hände auf den Rücken. Sein Verhalten erinnerte mich an das eines Tieres, das die Aussichtslosigkeit seiner Situation erkannt hatte, dem Gegner seine Kehle hinstreckte und auf die Gnade des Stärkeren hoffte. »Bitte ... du wirst mich doch nicht ... Mach es nicht wie mit Ed«, stammelte der Wirt. Ich neigte dazu, ihm zumindest was den Ablauf des Mordes an Ed anging zu glauben. »Schneid mir nicht von hinten die Kehle durch, ich ...«

»Streck die Arme nach hinten«, seufzte ich. So plötzlich und streng genommen grundlos, wie der Hass in mir aufgekeimt war, verrauchte er in diesem Augenblick wieder. Auf einmal schämte ich mich für mich selbst, aber mein Stolz ließ nicht zu, Carl das spüren zu lassen oder mich gar zu entschuldigen, sodass ich grob nach seinen Handgelenken griff, das Klebeband ein wenig straffer als unbedingt nötig darum wickelte und ihn grob an der Schulter gepackt zu mir herumdrehte. »Vorwärts«, sagte ich und versetzte ihm einen groben Stoß, der ihn auf die Küchentür zutaumeln ließ. »Wir gehen zu den Frauen nach oben.«

»Es war das Gold, Frank«, schluchzte Carl, während er mit unsicheren Schritten und sichtbar zitternden Knien aus dem Raum und auf die Treppe zuging, die ins Obergeschoss hinaufführte. Nahezu im Rhythmus seiner Schritte warf er ängstliche Blicke über die Schulter zu mir zurück, wohl um zu kontrollieren, ob ich von hinten mit der Klinge ausholte, um sie ihm feige zwischen die Schulterblätter zu jagen. Obwohl mir vollkommen klar war, das ich mir gerade in der Küche denkbar große Mühe gegeben hatte, wie ein Psychopath zu wirken (und mich für eine kleine Weile sogar so gefühlt hatte), war ich nun fast beleidigt, dass er mir offenbar einen so feigen, hinterhältigen Akt zweifellos zutraute. »Es macht die Leute verrückt«, versuchte der Wirt sich zu rechtfertigen. »Ich verstehe selbst nicht, wie ich so durchdrehen konnte. Ich habe seit Jahren von diesem Schatz geträumt. Seit ich mich um die Burg kümmern darf, habe ich in den Kellern danach gesucht. Es ist wie ... wie eine Art Besessenheit. Weißt du, das war nicht wirklich ich, der euch im Keller so mies behandelt hat ... Ich bin einfach durchgedreht. Aber das wird nicht wieder vorkommen. Ich habe mich jetzt völlig unter Kontrolle ...«

»Halt's Maul!« Mein Blick fiel ein weiteres Mal angeekelt auf die besudelte Hose des Wirtes. Er hat sich unter Kontrolle, dachte ich zynisch. Natürlich hatte er das. Er hatte sich in die Hose gepinkelt vor Angst, und aus seinen Nasenlöchern rann noch immer unkontrolliert der Rotz über seine Oberlippe, sodass ich fast fürchtete, sie würde in absehbarer Zeit von seinem Kinn auf die Treppenstufen hinabtropfen, wenn er sich nicht bald wahlweise zusammenriss oder das Kunststück fertig brachte, sich trotz seines Doppelkinns die Nase am Ärmel oder an der Schulter abzuwischen. Jeder Zweijährige hatte sich besser unter Kontrolle als dieser fette Kneipenpächter! Hätte ich mich nicht so sehr davor geekelt, ihn ein weiteres Mal zu berühren, hätte ich ihm einen groben Stoß in den Rücken versetzt, um ihn die Treppe ein wenig schneller zurücklegen zu lassen, so groß waren meine Abscheu, die in diesen

Sekunden erneut zu voller Pracht in mir aufblühte, und die Hassgefühle, die ich vermeintlich gerade erst wieder in den Griff bekommen hatte. Wir sollten zusehen, dass wir schleunigst nach oben kamen, damit ich die Verantwortung für diesen widerwärtigen Kerl auf Ellen abschieben konnte, die sie mir auf ihre dominante Art und Weise schließlich auch ungefragt aufs Auge gedrückt hatte. Ich musste ihn loswerden, so schnell wie möglich, denn ich registrierte erneut und voller Entsetzen, wie sehr ich meine Rolle des grausamen Menschenschinders genoss. Der Wirt war ein Mistkerl, das stand völlig außer Frage. Aber was war ich, zum Teufel noch mal, dass ich mich nicht nur aufspielte wie ein herzloser Folterknecht, sondern mich dabei auch noch besser fühlte, als ich mich fühlen wollte? Hatte diese Neigung schon immer in mir geschlummert, oder war es etwas, das irgendwo tief in jedem von uns ruhte und nur einer Extremsituation wie der meinen bedurfte, um endlich ausbrechen zu können? Und Extremsituation hin oder her – durfte es wirklich so einfach sein, seine Menschlichkeit, seine Fähigkeit und seine Neigung, mitzufühlen und mitzuleiden abzustreifen wie ein lästiges Kleidungsstück? Wann überschritt ich die Grenzen des Verständlichen, rational Erklärbaren und betrat den Boden der Perversion, und was würde morgen geschehen? Würde ich dieses mir bislang fremde, durch und durch böse Gesicht meiner eigenen Persönlichkeit einfach wieder ablegen, verdrängen, schnell vergessen können? Würde ich morgen wieder der freundliche, etwas schüchterne junge Mann sein, als der ich hierher gekommen war? Der charmante Verlierertyp, der sein Leben nicht auf die Reihe brachte und keiner Fliege etwas zuleide tun konnte, was durchaus zu den Gründen zählen konnte, weshalb ich bislang keine nennenswerten Ziele erreicht hatte? Oder hatte ich mir mein eigenes Ich, meinen eigenen Charakter all die Jahre lang nur eingeredet, mir selbst jemanden vorgespielt, der ich gerne sein wollte, in Wirklichkeit aber nie war und auch nie sein würde? Würde diese eine Nacht letzten Endes vielleicht reichen, mir diese Maske, die ich mehrere Jahrzehnte vor meinem wahren Gesicht getragen hatte, herunterzureißen, sodass für einen jeden und für mich selbst der Blick auf die Bestie, die sich dahinter verborgen hatte, frei war?

Ich tickte nicht mehr ganz richtig, begann ich im Stillen selbst auf mich einzureden. Unter besonderen Umständen durfte man sich nicht an den Maßstäben der Normalität messen, und wenn diese Umstände hier und jetzt keine besonderen waren, dann gab es keine solchen. Ich hatte den Tod zweier Menschen miterleben müssen, dreier, wenn man den Anwalt in der Taube mit einrechnete, und vierer, wenn ich davon ausging, das von Thun seinen Sturz in den Brunnenschacht nicht überlebt hatte. Es war vollkommen normal, dass meine Nerven blank lagen und mein Verhalten außer Kontrolle geriet. Sobald ich das alles hier überstanden hatte, würde ich mich für zwei, drei Wochen an irgendeinen kalifornischen Strand legen, mich vierundzwanzig Stunden am Tag volllaufen lassen und alles anbaggern, was einen Rock tragen könnte. Das war immer noch die beste Therapie. Danach würde ich wieder ganz der Alte sein und wahrscheinlich auch auf die Schnapsidee verzichten, Judith zu mir in die Staaten zu holen, weil ich feststellen würde, dass sie eigentlich nicht mein Typ war und es auch nie werden würde, weil sie mir nämlich schlichtweg zu dick war, genau wie Carl, dieses wabernde Etwas, und weil ich mich nicht wirklich in sie verliebt hatte, sondern in einer Extremsituation einfach nur der körperlichen Nähe irgendeines menschlichen Wesens bedurft hatte. Ganz genau darauf lief es hinaus, nur so und nicht anders würde es sein.

Wir hatten die Treppe zurückgelegt und den Flur, an den unsere Zimmer angrenzten, erreicht. Hier oben brannte nur eine einzige Glühbirne, die aber in ihrer Aufgabe, den Gang zu erhellen, kläglich versagte, und mit dem gelblichen Licht, das sie verstrahlte, eher noch die Dunkelheit betonte, als dass sie Farben, Formen und Schatten sichtbar werden ließ. Kaum dass wir den Flur betreten hatten, erschien Ellen in ihrer Zimmertür, als ob sie nichts anderes getan hätte, als auf uns zu warten und unseren näher kommenden Schritten zu lauschen, und ich zog fast erschrocken die Hand zurück, mit der ich gerade ausgeholt hatte, um Carl doch noch einen groben Stoß zwischen die Schulterblätter zu verpassen, damit er ein bisschen mehr spurte. In der Rechten hielt sie das große Tranchiermesser, für welches Judith vorhin eigentlich das passende Los in Form eines Streichholzes gezogen hatte.

»Warum habt ihr so lange gebraucht?«, fuhr die Ärztin uns verärgert an. »Verdammt, ich habe mir schon Sorgen gemacht.«

»Frank war eine Weile unschlüssig, ob er lieber mein Henker oder mein Folterknecht sein wollte«, antwortete Carl, bevor ich auch nur Luft holen konnte, um ihr zu antworten. Auf einmal hörten seine Knie auf zu zittern, und seine Stimme klang überhaupt nicht mehr unsicher oder gar ängstlich. Offenbar rechnete er fest mit Ellens Beistand und Unterstützung. Ich bereute, dass ich das restliche Klebeband nicht darauf verwendet hatte, ihm einen ordentlichen Knebel zu verpassen. Er würde versuchen, Zwietracht zwischen uns zu säen, daran hatte ich keinen Zweifel, und wie der Teufel es wollte, schien das bereits zu funktionieren: Ellens Blick wanderte einen kleinen Moment irritiert zwischen dem Wirt mit den auf dem Rücken gefesselten Händen und dem Nazi-Dolch in meiner Hand hin und her, dann trat ein Ausdruck von Mitleid und, wie ich zu erkennen glaubte, auch Ärger auf ihr Gesicht, und sie winkte uns mit einer energischen Handbewegung in das Zimmer, das sie mit Stefan geteilt hatte und in dem sie mit Judith auf uns gewartet hatte.

Als ich an ihr vorbei trat, bemerkte ich, wie mich ein eisiger Blick der Rothaarigen streifte, und im ersten Moment schob ich ihren offensichtlichen Unmut auf mein unnötig gemeines, nahezu menschenverachtendes Verhalten Carl gegenüber zurück, aber dann ertappte ich mich dabei, dass ich von der ersten Sekunde an, in der ich den Raum nach dem Wirt betreten hatte, auf das zerwühlte Bett gestarrt hatte, das ein perfekter Klon dessen war, in welchem ich mich mit Judith vergnügt hatte.

Stefan ... Was Ellen wohl für ihn empfunden hatte? Stand sie wirklich auf garderobenschrankförmige Typen mit streichholzkopfkurz geschnittenem Haar, die sich ausschließlich von Anabolika und rohem Eiweiß ernährten, oder war er für sie nur Mittel zum Zweck gewesen? Stand ich auf dickliche Frauen, die keine Büstenhalter trugen? War es wirklich so, dass wir alle der unsäglichen Forderung des alten Rechtsanwaltgehilfen nachgekommen waren, weil die Kruste aus Stolz und Selbstachtung sich als erstaunlich dünn erwies, wenn der Einsatz nur hoch genug war? Ich fühlte mich wie die Prostituierte, als die Ellen in diesem Moment vor meinen Augen dastand.

Auf dem zweiten, schmalen Bett lag Judith. Es sah nicht so aus, als ob Ellen sie bereits großartig behandelt hätte. Ellen hatte ihr einen Gürtel um den Oberarm gebunden, sodass das Blut nicht mehr so schnell aus der Wunde sickerte, aber Judiths Gesicht war kreidebleich. Die winzigen Schweißperlen auf ihrer von Blut und Schmutz aus dem Keller verdreckten Stirn verrieten mir, dass sie ein wenig Fieber haben musste, denn es war zwar nicht unangenehm kalt im Raum, aber auch nicht besonders warm. Außerdem wirkte ihr Blick ein wenig glasig und trüb.

Ellen sog deutlich hörbar Luft durch die Nase ein, als der Wirt an ihr vorbei trat. »Du solltest unter die Dusche, Carl«, sagte sie und wich einen unübersehbaren Schritt vor ihm zurück.

Carl senkte beschämt den Blick und zog eine Grimasse, als ob Ellen ihn geohrfeigt hätte. »Glaubt ihr vielleicht, es wäre mir egal, wie ich stinke?« Er schlug wieder einen weinerlichen Tonfall ein und hob vorwurfsvoll seine auf dem Rücken zusammengebundenen Arme ein Stück weit an. »Aber wie soll ich so duschen? Und meine Kleider sind hoffnungslos eingesaut. Frank spielt hier den Überheblichen, aber ich wette, wenn er erlebt hätte, was mir widerfahren ist, dann hätte er sich auch in die Hose gemacht. Ihr könnt euch gar nicht vorstellen, wie das ist!«

»Wir haben später Mitleid, wenn wir keine anderen Sorgen mehr haben«, antwortete Ellen kühl und deutete mit einem Nicken auf Stefans Tasche, die offen vor dem schlichten Spind stand, wie auch in meinem Zimmer einer angebracht war. Ihre Stimme kippte bei den letzten Worten in eine schrille Tonlage. »Er wird nichts mehr dagegen haben.«

Ellen presste die Lippen zu einem schmalen Strich zusammen und drehte den Kopf schnell so, dass niemand von uns mehr ihr Gesicht sehen konnte. Ein, zwei Mal atmete sie tief ein und aus, und als sie sich wieder in unsere Richtung wandte, hatte sie sich wieder vollständig unter Kontrolle – nach außen hin zumindest.

Judith krümmte sich zitternd auf dem Bett nach vorne. Offensichtlich war das Fieber wesentlich stärker, als ich auf den ersten Blick geglaubt hatte, sodass sie bereits von den ersten Fieberkrämpfen geschüttelt wurde.

»Was ist mit Judith?«, fragte ich aufgebracht an Ellen gewandt. »Warum behandelst du sie nicht?«

»Ich habe den Arm abgebunden«, antwortete die Ärztin sachlich. »Bevor ich ihn mir gründlicher ansehe, sollte sie aber sauber sein. Sie ist zu schwach, um aus eigener Kraft zu duschen. Sie braucht jetzt deine Hilfe.« Ich fragte mich, warum Ellen die Zeit, die ich mit Carl im Untergeschoss verbracht hatte, nicht dazu genutzt hatte, um Judith selbst beim Duschen zu helfen, sagte aber nichts. Letztlich machte es mir nichts aus, dass Ellen mir diese Aufgabe zugedacht hatte. Ganz und gar nicht. »Ich bin mir nicht sicher, aber es scheint so, als habe sie sich mit irgendetwas infiziert«, redete Ellen weiter. »Weiß der Teufel, was für Keime es in diesem Bauschutt gibt. Es ist ungewöhnlich, wie sehr sie entkräftet ist und wie schnell sie Fieber bekommen hat. Das kann natürlich auch mit dem hohen Blutverlust zusammenhängen, darüber hinaus gibt es eine ganze Menge Menschen, die auf Stress und Ärger mit hohem Fieber reagieren. Aber ich habe ein ungutes Gefühl. Ich wüsste gerne, was für Versuche man in den Gewölben unter der Burg gemacht hat.« Auf einmal wirkte Ellen wieder müde und ausgelaugt. Ihr kurzer Vortrag hatte sie sichtlich erschöpft, und für einen Moment blickte sie an mir vorbei auf die nackte Zimmerwand, wirkte weggetreten und schweifte gedanklich vielleicht ein weiteres Mal durch das unheimliche Labyrinth, vielleicht dachte sie an die Laborberichte, die sie dort überflogen hatte. Schädelvermessungen, dachte ich. Wozu, um alles in der Welt, benötigten Wissenschaftler hunderte, möglicherweise gar tausende von Schädelvermessungen? Ich wusste es nicht. Ellen hingegen hatte im Keller den Eindruck gemacht, als hätte sie eine vage Ahnung, die sie aber nicht aussprechen wollte oder konnte. Vielleicht, weil sie einfach zu absurd, zu unmenschlich, zu abartig war?

Ellen ließ sich neben Judith auf dem schmalen, zerwühlten Bett nieder und strich sich mit gespreizten Fingern durch das – obwohl noch immer nasse – seidig glänzende Haar.

»Nimm es mir nicht übel, Carl«, seufzte sie kraftlos, »aber du stinkst unerträglich. Bitte bring ihn raus zum Duschen, Frank.«

»Du kannst mich doch nicht mit diesem Folterknecht ...«, begehrte der Wirt auf, und auch ich wollte protestieren, denn obwohl auch ich den Gestank, den Carl im Raum verbreitete, nur äußerst schwer ertragen konnte, hielt ich es für wesentlich wichtiger, mich zuerst um Judith zu kümmern, damit Ellen sie dann vernünftig versorgen konnte. Aber die Ärztin fiel Carl ins Wort und kam mir zuvor.

»Du solltest den Bogen nicht überspannen, Carl«, sagte sie, aller Erschöpfung zum Trotz in dominanter, fast drohender Tonlage. »Glaubst du etwa, wir nehmen dir die Fesseln ab und lassen dich hier allein herumlaufen? Für wie blöd hältst du uns eigentlich?« Also doch, dachte ich zufrieden. Sie hatte versucht, Maria nach Kräften zu diskreditieren, jeden Verdacht auf sie zu lenken, wahrscheinlich, weil sie sie auf den Tod nicht ausstehen konnte. In Wirklichkeit aber hatte auch sie den Wirt im Visier. Ellen blickte einen kurzen Moment auf den Napola-Dolch in meiner Hand, dann maß sie den Althippie mit abschätzendem Blick. »Wenn er noch einmal versucht, uns zu bescheißen, ist es mir egal, ob du mit oder ohne ihn vom Duschen zurückkommst«, sagte sie an mich gewandt, ohne dabei den kühlen, harten Blick aus ihren eiswasserblauen Augen von Carl abzuwenden.

»Hört mal!«, fuhr der dicke Wirt auf, aber dieses Mal war ich es, der ihm ins Wort fiel.

»Halt's Maul, Carl«, sagte ich mehr genervt als drohend, trat auf Stefans Tasche zu, hob sie auf und schloss meine Rechte ein wenig fester um den Dolch, um mit der Spitze der Waffe auf den Ausgang zu deuten. Ich hatte keine Lust, mich mit Ellen über ihren meiner Meinung nach unlogischen Plan auseinanderzusetzen. Sie war die Ärztin und würde schon wissen, was sie tat, und wenn nicht, dann trug sie letzten Endes zumindest die alleinige Verantwortung für das, was ich für einen organisatorischen Fehler hielt. »Du kennst den Weg zu den Duschen«, sagte ich.

Der Wirt reagierte zunächst nur zögerlich, aber er kam meiner Aufforderung nach. Grob stieß ich ihn vor mir her durch den schlecht beleuchteten Flur Richtung Duschraum. Der unbegründete, brennende Hass, den ich im Untergeschoss ihm gegenüber verspürt hatte, war versiegt; ich war noch immer wütend auf ihn und machte mit meinem Verhalten ihm gegenüber auch keinen Hehl daraus, aber der an Mordlust grenzende Sadismus hatte sich weitestgehend gelegt, sodass ich nicht mehr das Bedürfnis verspürte, dem Dicken den Adamsapfel aus dem Rachen zu schälen, damit er endlich still war. Stattdessen bemerkte auch ich langsam, was ich eben noch an Ellen und bereits in der Küche an Judith beobachtet hatte: Ich wurde müde. Die vergangenen Stunden (die letzten beiden Tage, um genau zu sein, denn schließlich hatte meine Anreise mit einem Flug über den Atlantik begonnen) hatten mich physisch wie psychisch an den Rand meiner Kräfte gebracht, eigentlich sogar längst darüber hinaus, und alles, was mich den aufrechten Gang noch beherrschen ließ, waren die heftigen Adrenalinstöße, die meine Drüsen in unregelmäßigen Abständen durch meinen Organismus jagten.

Mit einer schwachen Bewegung tastete ich nach dem altertümlichen schwarzen Drehschalter im Duschraum und betätigte ihn. Ein leises Knacken erklang und hallte von den gekachelten Wänden der schmalen Kammer mit der fleckigen, hölzernen Bank in der Mitte wider, die ich im schwachen, von außen einfallenden Licht der nackten Glühbirne unter der Decke im Flur erkennen konnte. Aber das Aufflackern der langen Neonröhre unter der von unzähligen mehr oder weniger feinen Rissen durchzogenen Decke im Duschraum, von der hier und da bereits der Putz abgebröckelt war, sodass er in Form von Staub und kleinen Bröckchen auf dem Boden verteilt lag, blieb aus. Wir mussten uns mit dem schmalen Lichtstreifen zufrieden geben, der von außen hereinfiel und die beiden mächtigen Waschbecken an der Längswand, die annähernd so groß waren wie durchschnittliche Badewannen und über denen eine ganze Batterie von Wasserhähnen angebracht war sowie die sechs aus der gegenüberliegenden Wand ragenden rostigen Duschköpfe.

Ich griff nach Carls Handgelenken und durchtrennte die Klebebandfesseln mit dem Dolch. Ich konnte nicht genau sehen, ob ich ihn dabei versehentlich verletzte und vielleicht das der Grund war, weshalb der Wirt erschrocken zusammenzuckte, aber es war mir auch egal. Als ich ihn von seinen Fesseln befreit hatte, fiel mir ein, dass ich die Rolle mit dem restlichen Klebeband auf der Arbeitsplatte hatte liegen lassen. Mit einem leisen Fluch stieß ich den erbärmlich stinkenden Althippie einen Schritt weiter in den Duschraum hinein.

»Los, zieh dich aus, Dicker!«, sagte ich harsch. Der Ärger, der aus meiner Stimme klang, galt zumindest in diesen Sekunden eher mir selbst als ihm, aber das musste und sollte er nicht wissen. »Und wirf die Klamotten gleich hinten aus dem Dachfenster.«

»Würdest du vielleicht hinausgehen?«, fragte Carl vorsichtig, wobei er das Messer in meiner Hand keine Sekunde aus den Augen ließ, als erwartete er die Antwort auf seine Frage nicht von mir, sondern von der kleinen, mörderischen Waffe. »Ich ... brauche niemanden, der mir beim Duschen Händchen hält.«

Ich ließ die Klinge in meine offene Linke klatschen. »Das läuft hier so, wie ich es entscheide«, antwortete ich trocken.

Der Wirt holte Luft, um etwas zu entgegnen, riskierte aber kein weiteres Aufbegehren. Wortlos wandte er sich von mir ab und streifte sein albernes Rüschenhemd ab, das meiner Meinung nach auch nicht viel geschmackvoller gewirkt hatte, als es noch nicht über und über mit Blut bespritzt gewesen war. Darunter trug er ein weißes Feinrippunterhemd. Sehr apart, dachte ich bei mir. Es sah ganz so aus, als würde der Dicke die alten Wäschebestände seines Vaters auftragen. Er würde sicher einen modischen Kulturschock erleiden, wenn er auf Stefans Klamotten zugriff, sobald er sich gewaschen hatte. Ich stellte ihn mir in hauteng anliegenden Hotpants und pinkfarbenem Synthetik-Muscleshirt vor und konnte mir ein kurzes Grinsen nicht verkneifen. Der Wirt trat aus dem einfallenden Lichtstrahl heraus in den Schatten, ehe er die Hosen herunterließ, wobei er leise vor sich hin murmelte. Wahrscheinlich verfluchte er mit seiner weinerlichen Stimme in einer endlosen Litanei die Welt, aber ich konnte seine Worte nicht verstehen. Schließlich war es ein durchdringendes, metallisches Quietschen, welches an der Füllung in meinem Weisheitszahn rüttelte und das Gemurmel des Wirtes jäh beendete.

»Tot!«, fluchte Carl. »Hier kommt kein Wasser!«

»Dann probier eben einen anderen Hahn«, gab ich unbeirrt zurück.

Carl stöhnte auf. Etwas knirschte leise. Ich blickte nicht in seine Richtung, denn ich legte keinen besonderen Wert darauf, die Speckschwarten an seinen Hüften und die Cellulite an seinen aneinander reibenden Oberschenkeln auch nur im schwachen Licht wabern zu sehen, konnte mir aber lebhaft vorstellen, wie der Dicke mit dem angerosteten Wasserregler einer anderen Dusche kämpfte. Schließlich ertönte ein tiefes, gurgelndes Geräusch. Fast im selben Moment schrie Carl entsetzt auf.

»Scheiße!«, fluchte er. »Das Wasser ist eiskalt!« In der nächsten Sekunde hüpfte er wie von der Tarantel gestochen aus dem Schatten in den gelben Lichtstrahl und wieder zurück. Er litt tatsächlich an Cellulite. Außerdem hatte er ein paar hässliche, blauviolette Krampfadern an den Waden. »Es kommt kein warmes Wasser«, jammerte der Wirt aufgebracht. »Das ist so kalt, als hätte es seit Jahrhunderten in einer Zisterne tief unter der Burg gestanden.«

»Ich glaube, Ellen hat sich recht deutlich ausgedrückt. Du kommst hier nicht heraus, solange du noch nach deiner Scheiße stinkst.« Ich setzte vielsagend meinen Fuß auf Stefans Tasche, die vor mir im Eingang zum Duschraum stand. »Und von mir bekommst du kein Handtuch, solange du nicht sauber bist. Wie lange das dauert, liegt ganz allein bei dir.«

»Drecksack!«, schimpfte Carl, drückte sich eine Weile im Dunkeln herum und bedachte mich mit einer Salve weiterer, nicht viel schmeichelhafterer Bezeichnungen, während er erneut unter das eiskalte Wasser trat. Offensichtlich machte sein Ärger ihn mutig, oder er wähnte sich unter dem eisigen Nass vor mir und speziell der Klinge in meiner Hand in Sicherheit.

Ich blickte auf den Flur hinaus, denn ich hatte genügend Dinge gesehen, die mich nicht im Geringsten interessierten. Der kurze Blick, den ich auf sein bleiches Bauchfleisch erhascht hatte, hatte mich lebhaft an die glitschigen Bäuche toter Aale erinnert: aufgedunsenes, helles, stinkendes Fischfleisch. Ich erinnerte mich an einen Sonntag aus fernen Kindertagen, an dem man mich genötigt hatte, Aal zu essen. Mir war speiübel geworden von dem fettigen Zeug, und ich hatte noch nicht einmal aufstehen dürfen, um mich auf der Toilette zu übergeben. Danach hatte mich nie wieder jemand dazu zwingen können, Dinge auch nur zu probieren, die ich nicht essen wollte.

Das Geräusch des niederprasselnden Wassers verstummte im selben Augenblick, in dem der Hahn quietschend geschlossen wurde.

»Gib mir ein Handtuch«, forderte Carl. Ich konnte seine Zähne deutlich klappern hören. »Ich friere mir hier den Arsch ab!«

»Was ich an deiner Stelle auf jeden Fall begrüßen würde«, antwortete ich und stieß Stefans Tasche mit dem Fuß in den Duschraum hinein. Die metallenen Beschläge der teuren Sporttasche verursachten ein klirrendes und kratzendes Geräusch auf den alten Kacheln. In der Luft hing ein Geruch wie von Klärschlamm, und vielleicht war es ja auch solcher, der durch die seit Ewigkeiten nicht mehr in Betrieb genommenen alten Wasserabflüsse aus der Kanalisation hereindrang.

Der Wirt zog Stefans Reisetasche mit einer akrobatischen Verrenkung zu sich in den Schatten, wühlte einen Augenblick lang darin herum und zog sich schließlich etwas über. Als er danach in den vom Flur hereinfallenden gelben Lichtstreifen trat, wirkte er mehr denn je wie eine Witzfigur: Er trug einen dunkelblauen Jogginganzug mit weißen Streifen auf den Ärmeln und an den Hosenbeinen. Das Oberteil war ihm an den Schultern hoffnungslos zu weit, während es sich über seinem Bauch so gewaltig spannte, dass ich fast fürchtete, es würde aus allen Nähten platzen, sobald er zu tief einatmete. Stefans viel zu enge Trainingshose schnitt in seine Pobacken und quetschte seine Genitalien, aber zu enge Hosen zu tragen, war für den Althippie schließlich kein Neuland. Dazu trug er seine ausgelatschten Birkenstocksandalen.

»Sag nichts«, grummelte Carl übellaunig. »Ich weiß schon selbst, wie ich aussehe.«

Ich schwieg tatsächlich. Carls Anblick war dermaßen lächerlich, dass jede zusätzliche Bemerkung meinerseits den an sich urkomischen Moment zu lächerlichem Kitsch verhunzt hätte. Ich trieb den Wirt wortlos mit dem Messer vor mir her den Flur hinab und auf Ellens Zimmer zu, wo die junge Ärztin uns sichtlich nervös bereits mit dem großen Tranchiermesser in der Hand erwartete. Judith lag noch immer blutverschmiert und nass geschwitzt auf dem Bett und atmete flach. Irgendein verachtenswerter Teil meiner Persönlichkeit brachte noch genügend schwarzen Humor hervor, um mich an einen billigen Horrorfilm erinnert zu fühlen, als ich den staubigen Raum betrat; die ganze Szenerie wirkte wie ein Zitat aus *Scream* oder einem anderen Horrorschocker. Ellen mit dem Fleischermesser, Carl in seinem Jogginganzug, die nahezu übertrieben unheimlich wirkende Umgebung – das alles wäre regelrecht lächerlich gewesen ohne das Bewusstsein der beiden durch und durch realen Toten im Untergeschoss.

»Endlich seid ihr zurück!« Ellen trat uns hektisch ein Stück weit entgegen. »Habt ihr auch Schritte gehört?«, fragte sie aufgeregt.

»Schritte?« Ich konnte ihr nicht ganz folgen.

»Draußen auf dem Flur«, erklärte Ellen. »Kaum, dass ihr weg wart.«

Ich schüttelte den Kopf. »Da war nichts«, antwortete ich und versuchte meiner Stimme einen beruhigenden Tonfall zu verleihen, was mir infolge meiner eigenen, fast im Minutentakt wechselnden, bei alledem aber immerfort angespannten Verfassung kläglich misslang. »Ich habe die ganze Zeit über im Eingang zur Dusche gestanden. Von dort aus konnte ich den Flur entlang sehen. Wenn dort jemand gewesen wäre, dann hätte ich ihn bemerkt.«

»Ich weiß, was ich gehört habe«, beharrte Ellen stur.

»Hast du es auch gehört?« Ich wandte mich seufzend Judith zu.

Ellen war so aufgeregt, dass ich ihr wahrscheinlich auch ein peinlichst datiertes Farbvideo der vergangenen halben Stunde von dem Flur hätte vorspielen können, ohne dass sie auch nur die Möglichkeit in Betracht gezogen hätte, dass ich unter Umständen Recht haben könnte. Judith schüttelte schwach den Kopf. Immerhin, stellte ich fest, hatte sie jetzt ein kleines bisschen mehr Farbe im Gesicht.

Wunderbar, dachte ich bei mir. Judith hatte Fieber, und Ellen begann an ihrer Stelle zu fantasieren. Ihr Zusammenbruch im Hof hatte uns ein zweites Mal lebhaft demonstriert, wie aufgesetzt ihre Härte und Unerschütterlichkeit war, und wie wackelig der Schutzwall, hinter dem sie sich zu verstecken pflegte, aber ich hatte geglaubt, dass sie sich zumindest im Augenblick bis auf weiteres im Griff hatte und ich mich auf sie verlassen konnte. Und nun passierte so etwas!

Als hätte sie meine Gedanken gelesen, suchte Ellen meinen Blick, um ihm herausfordernd standzuhalten und reckte mir kampflustig das Kinn entgegen. Sie suchte Streit, aber ich würde ihr keinen Anlass dazu geben.

»Vielleicht war ja tatsächlich jemand auf dem Flur«, sagte ich nachgiebig und zuckte mit den Schultern. »Schließlich habe ich auch Carl in der Dusche beaufsichtigt. Ich konnte den Flur nicht die ganze Zeit über im Blick behalten, und bei dem dämlichen Gesabbel, was er von sich gegeben hat, hätte ich wahrscheinlich nicht mal ein Nilpferd hinter mir tanzen hören.«

Für die Dauer eines Lidschlags wirkte Ellen irritiert – anscheinend hatte sie sich der Auseinandersetzung, auf die sie wohl aus war, um ihre Verspannung ein wenig zu lösen, sicher gewähnt und war regelrecht enttäuscht über meine Bemerkung, auf die sich keine ausgiebige Konversation aufbauen ließ. Ihre nächsten Worte bestätigten meinen Eindruck: Sie versuchte mich von einer anderen Seite her zu provozieren.

»Du solltest gleich noch einmal unter die Dusche«, sagte sie mit einem betont deutlichen Naserümpfen. »Du siehst aus wie ausgekotzt und riechst auch dementsprechend. Voller Dreck und Blut. Nimm Judith mit, sie wird wohl Hilfe brauchen.«

Vielleicht spürte Judith so deutlich wie ich, dass Ellen nur darauf wartete, dass einer von uns ihr einen Ansatzpunkt gab, auf dem sie einen Streit aufbauen konnte, wahrscheinlich war sie aber schlicht und einfach zu schwach, um gegen Ellens ruppige, befehlshaberische Art aufzubegehren. Jedenfalls erhob sie sich mit einem tiefen Seufzer vom Bett, wobei ihre Beine deutlich zitterten. Die Vorstellung, mit ihr unter der Dusche zu verschwinden, erregte mich. Ihre Schwäche und Hilflosigkeit, die Tatsache, dass sie mir in wenigen Augenblicken vollkommen ausgeliefert sein würde, törnte mich an.

Ich wandte erschrocken den Blick von ihr ab. Verdammt, das war nicht ich! Das war wieder dieser widerliche kleine Sadist, der Carl in der Küche beinahe gefoltert hätte! In meinem ganzen Leben hatte ich noch nie solche abartigen Fantasien gehabt, und ich fühlte mich fast wie ein Vergewaltiger, ohne Judith auch nur berührt zu haben. Sie war eine attraktive Frau, obwohl sie ein paar Pfund zu viel auf den Rippen hatte, das stand außer Frage. Sie war keine kühle Schönheit wie Ellen, aber sie konnte sich durchaus sehen lassen. Sie war eben nur etwas weiblicher gebaut, das war es, was mich erregte. Das war das Maximum dessen, was ich mir selbst eingestehen durfte.

»Der Dolch bleibt hier«, bestimmte Ellen.

»Aber ich bin doch kein Kettenhäftling!«, begehrte Carl auf und deutete auf das Tranchiermesser in der Rechten der rothaarigen Ärztin. »Zwei Messer, um mich in Schach zu halten! Verdammt noch mal! Hört doch auf, so zu tun, als sei ich ein Killer! Das ist jemand anderes. Vielleicht Maria, vielleicht auch jemand, den wir alle gar nicht kennen und der ein perverses Vergnügen daran hat, uns zu quälen. Wenn er das nächste Mal angreift, werdet ihr mich vielleicht noch brauchen.«

Ich legte den Dolch auf dem Schreibtisch unter dem Giebelfenster ab.

»Weißt du, ich glaube weder an den Weihnachtsmann, noch an die Märchen, die du so erzählst.« Ellen lächelte zynisch in Carls Richtung. »Du setzt dich jetzt brav aufs Bett und hältst die Klappe. Und nur für den Fall, dass du glaubst, du hättest mit einer *schwachen* Frau leichtes Spiel, möchte ich dich daran erinnern, dass ich als Chirurgin allein im Bereich deines Torsos sieben Stellen kenne, an denen ein Messerstich binnen einer Minute zum Tod führt.«

Ich lächelte. Es war nicht das erste Mal, dass die Ärztin einen Spruch in dieser Richtung vom Stapel ließ, aber sie machte mir damit deutlich, dass sie wieder in der Rolle steckte, in der ich sie von allen am besten ertragen konnte, und dass sie den Ansatz zu einer neuerlichen Panikattacke schnell überwunden hatte und wieder zu Topform auflief.

Carl zog sich wie ein geprügelter Hund zum gegenüberliegenden Bett zurück und ließ sich schwer darauf niederplumpsen. »Ihr werdet noch begreifen, dass ihr den Falschen schikaniert«, prophezeite er düster. »Aber dann wird es zu spät sein.«

Judith trat schwankenden Schrittes an meine Seite, legte mir einen Arm um die Schultern und stützte sich auf mich, während wir auf den Flur hinaustraten. Vielleicht war ich unfair, aber ich hatte den Verdacht, dass sie durchaus in der Lage gewesen wäre, aus eigener Kraft zu gehen und nicht halb so stark dabei zu schwanken, wenn sie nur gewollt hätte, und dass sie die Gelegenheit nutzte, um sich an mich schmiegen zu können. Aber selbst wenn es so war, sollte es mir recht sein: Der Macho in mir genoss ihr Verhalten. Es gab mir ein Gefühl von Stärke.

Ich begleitete Judith in ihr Zimmer, damit sie sich frische Kleider aus ihrem Koffer holen konnte. Erst in dem Augenblick, in dem wir das kleine Internatszimmer betraten und ich instinktiv einen sichernden Blick in den Schatten hinter der Tür warf, wurde mir bewusst, dass ich mich frag- und klaglos von Ellen hatte entwaffnen lassen. Weshalb hatte sie eigentlich darauf bestanden, dass ich den Napola-Dolch bei ihr zurückließ? Carl hatte Recht gehabt, als er sie darauf hingewiesen hatte, dass es albern war, ihn mit gleich zwei rasiermesserscharfen Klingen zu bewachen, von denen eine fast ellenlang war. Chirurgin hin oder her – ich bezweifelte, dass sie vorhatte und in der Lage war, den Wirt im Zweifelsfall mit zwei Waffen gleichzeitig zu attackieren. Ob sie mich der Morde an Stefan und Eduard verdächtigte? Das war doch völlig absurd!

Aber was auch immer sie dazu bewegt hatte, mir den Dolch abzunehmen, hatte zur Folge, dass ich nun unbewaffnet war und mich auf einmal schrecklich wehrlos fühlte. Wenn der Mörder, den wir suchten, hier irgendwo lauern sollte, dann würden wir ihm völlig ausgeliefert sein. Wir waren allein! Hatten wir uns nicht vorhin in der Küche noch darauf geeinigt, dem Attentäter keine solche Gelegenheit mehr zu bieten, sondern zusammen zu bleiben? Warum hatte ich eigentlich nicht schon daran gedacht und einen entsprechenden Entschluss durchzusetzen versucht, als die Ärztin mich mit Carl im Untergeschoss zurückgelassen hatte, spätestens aber, als sie mich mit ihm in den Duschraum geschickt hatte? Ob Ellen vielleicht doch selbst –

Warum ließ ich das Denken nicht einfach völlig bleiben, schalt ich mich selbst. Heute kam allem Anschein nach ohnehin nichts Vernünftiges mehr dabei heraus. Sie hatte Angst vor Carl, nicht mehr und nicht weniger hatte sie sich dabei gedacht, als sie mich gebeten hatte, ihr sowohl das Tranchiermesser als auch den Dolch zu überlassen. Ich musste die Ruhe bewahren und durfte nicht zulassen, dass blinde, zumindest für den Augenblick völlig grundlose Panik mein Denken bestimmte.

Die Schelte, mit der ich mich im Stillen selbst bedachte, fruchtete nicht. Dass ich beide Waffen bei Ellen zurückgelassen hatte, konnte über Leben und Tod entscheiden; es wäre nicht das erste Mal, dass der Mörder eine Situation, wie sie die Ärztin nun organisiert hatte, ganz genau abpasste, um über einen von uns herzufallen und ihn umzubringen, und zwar ganz genau mit derselben Waffe, die Ellen von mir gefordert hatte. Ob das wirklich Zufall war? Ob sie mich auch um die Herausgabe meiner Klinge gebeten hätte, wenn ich statt des Dolches eines der kleinen Gemüsemesser bei mir getragen hätte? Ellen hätte Gelegenheit gehabt, in die Küche hinaufzulaufen und Ed zu töten, nachdem die Decke im Keller eingestürzt war. Vielleicht war es ja überhaupt keine Platzangstattacke gewesen, die sie im Hof hatte zusammenbrechen lassen, sondern die Abscheu über ihre eigene Tat, die Hiebe und Tritte ihres eigenen Gewissens. Und hatte sie nicht allzu bereitwillig Stefans persönliche Klamotten an den Wirt weitergegeben? Die Kleider des Mannes, mit dem sie geschlafen hatte, dessen Tod ihr doch angeblich so nahe ging, dass sie zu einem zitternden Häufchen Elend kollabiert war, als Ed ihr indirekt eine Mitschuld an seinem Tod zugeschoben hatte? Konnte der Angriff auf ihre chirurgischen Fähigkeiten allein sie wirklich so herbe getroffen haben, dass sie dermaßen die Kontrolle über sich verloren hatte? Oder hatte Cowboystiefel-Eduard mit seinem Schuss ins Blaue den Vogel nicht nur abgeschossen, sondern gleich in Fetzen gerissen, weil sie nämlich in Wirklichkeit weit mehr als nur eine Teilschuld an Stefans Tod traf? Vielleicht war die Betroffenheit, mit der sie Stefans Klamotten betrachtet hatte, als wir ihr Zimmer betraten, nur hervorragend gespielt gewesen.

Und jetzt? Die Ärztin war mit Carl allein. Sie war bewaffnet (mit dem Napola-Dolch, mit der Waffe, die schon zwei andere von uns dahingerafft hatte!), und es wäre ein Leichtes für sie, den dicken Wirt binnen weniger Sekunden zu töten, ohne dass auch nur ein erschrockener Laut zu uns hindurchdringen würde. Was hatte sie gesagt? Sie kannte allein im Bereich des Rumpfes mindestens sieben Stellen, an denen ein Messerstich binnen einer Minute tötet. War das wirklich nur eine Drohung gewesen oder vielleicht doch eine Ankündigung? Würde sie in unserer Abwesenheit mit Carl abrechnen und dann abwarten, bis Judith und ich nackt unter der Dusche standen, um sich dann von hinten anzuschleichen und jedem von uns eine der tödlichen Klingen zwischen die Rippen zu jagen? Und das alles, ehe wir begreifen konnten, wie uns geschah, sodass wir binnen der planmäßigen Minute, die sie benötigte, um einen Menschen zu töten, am Versagen eines wichtigen Organs sterben oder elendig verbluten würden? Selbst wenn wir bemerkten, wie sie sich uns näherte, würden wir ihr wehrlos gegenüberstehen, denn es gab nur einen einzigen Zugang zum Duschraum, keine Hoffnung auf Flucht, wenn sie ihn uns mit den beiden Messern in den Händen versperrte.

Aber warum sollte sie Carl am Leben gelassen haben, wenn sie Ed ermordet hatte? Wieder fragte ich mich, ob sie mit ihm unter einer Decke stecken könnte. Die Schöne und der Fettklops ... Der Gedanke war nach wie vor absurd, aber wenn ich in den vergangenen Stunden etwas für mein Leben dazugelernt hatte, dann die Tatsache, dass es nichts gab, was es nicht gab.

»Worüber lächelst du?«, fragte Judith. Sie hatte ein Kleid, eine Strickjacke und Handtücher zusammengesucht. Unterwäsche konnte ich nicht entdecken. Vielleicht war sie zwischen den anderen Wäschestücken verborgen, dachte ich, entschied dann aber, dass ich zumindest einen Büstenhalter bemerkt hätte, wenn er zwischen den Kleidern und den Handtüchern steckte. Ich spürte, wie sich meine Wangen verlegen röteten. Verdammt, warum konnte ich nicht so cool und gelassen wirken, wie der kleine Macho, der ich in manchen Situationen gerne wäre?

»Habe ich gelächelt?«, fragte ich kopfschüttelnd und blickte beschämt auf meine Schuhspitzen hinab. Wenn ich es getan hatte, dann hatte ich keinen Grund dazu gehabt und es auch nicht bemerkt. »Ich ... ähm ... nein.« Zum Teufel noch mal! Der Augenblick wäre eine einmalige Gelegenheit für einen guten Spruch gewesen, und was tat ich? Ich trat von einem Fuß auf den anderen, als hätte ich plötzlich einen unglaublichen Druck auf der Blase, und stammelte blödes Zeug! »Ich hatte überlegt, was ich anziehen werde. Weißt du ... ich habe gar nicht so viel Wäsche eingepackt. Ich dachte, das wäre sowieso nur für eine Nacht hier«, log ich und verabreichte mir stumm eine ganze Salve mehr oder minder zutreffender Beschimpfungen für meine ausgesprochen dämliche Ausrede. Herzlichen Glückwunsch, Frank, schoss es mir durch den Kopf. Nun verhältst du dich nicht nur wie ein pickeliger Pubertierender vor einem Erotikshop, sondern erklärst ihr auch noch in aller Ausführlichkeit, dass du ein männliches Ferkel bist, dem es nichts ausmacht, mindestens zwei Tage lang in denselben, stinkenden Klamotten herumzulaufen. Bravo, Junge, genau darauf stehen Frauen. Erzähl ihr doch noch ein bisschen von deinen Verdauungsschwierigkeiten und deinem schwachen Magen!

Judith war höflich genug, sich nicht anmerken zu lassen, was sie in diesem Moment ganz bestimmt von mir dachte, verzichtete aber darauf, sich wieder schwer auf meine Schultern zu stützen, als wir in mein Zimmer hinübergingen, wo ich verlegen in den wenigen Wäschestücken herumzuwühlen begann, die ich mitgebracht hatte. Plötzlich lachte Judith belustigt auf, trat an meine Seite und angelte mit spitzen Fingern etwas aus meiner Tasche, was ich erschrocken als das Geschenk einer längst verflossenen Liebe, einer Germanistikstudentin mit einer ganz eigenen Vorstellung zu Goethes Farbenlehre, identifizierte: Ein Paar neongelber Boxershorts mit knallroten Känguruapplikationen.

»Wahnsinn«, grinste Judith, wobei sie den zerknitterten Stoff am Zeigefinger des ausgestreckten Armes baumeln ließ und auf einmal überhaupt nicht mehr fiebrig und geschwächt wirkte. »Der Mann, das unbekannte Universum. Bis heute hätte ich nicht einmal geahnt, dass so etwas auf diesem Planeten existiert.«

»Das war ein Geschenk ... Ich hätte so etwas nie

gekauft ...«, stammelte ich verlegen und griff nach den Shorts, um sie schnell irgendwo ganz weit unten in meiner Tasche verschwinden zu lassen, aber Judith lächelte neckisch und brachte die Shorts hinter ihrem Rücken vor mir in Sicherheit.

»Aber du trägst sie trotzdem«, stellte sie kopfschüttelnd fest. »Das muss wahre Liebe sein.«

Ein paar Atemzüge lang starrte ich sie in einer verrückten Mischung aus Scham und Bewunderung an. Das schelmische Lächeln auf ihrem Gesicht stand ihr einfach hinreißend, und die Brüste, die mir ein paar Dezimeter tiefer unter ihrem dünnen T-Shirt entgegenzulächeln schienen, waren auch nicht zu verachten. Vor allem aber war ich ihr dankbar, dass sie nicht den nahe liegenden Schluss gezogen hatte, dass ich diese grausamen Shorts tatsächlich keineswegs in stummem Gedenken an Isabelle – das war der Name der etwas eigenwilligen Gönnerin – trug, sondern weil meine Unterwäschebestände eher bescheiden sortiert waren, oder dass sie zumindest den Anstand besaß, das Offensichtliche nicht anzusprechen.

Unsinn, Quatsch, totaler Nonsens, redete ich mir ein. Ich war noch nie einer Frau begegnet, die zu wenig Unterwäsche besaß, und hielt es für nahe liegend, dass sich ein weibliches Geschöpf, das der westlichen Luxusgesellschaft entstammte, eine derartige Notlage überhaupt nicht vorstellen konnte.

»Hilfst du mir?« Judith lehnte sich an die Wand, lächelte entschuldigend, reichte mir die Boxershorts und wich verlegen meinem Blick aus. Anscheinend hatte sie gerade bemerkt, dass sie es einen Augenblick lang versäumt hatte, die Geschwächte und Hilfsbedürftige zu spielen. »Ich fürchte, ich bin immer noch etwas schwach auf den Beinen«, behauptete sie.

Kokettierte sie mit mir? Es sah ganz danach aus, aber es konnte mir nur recht sein. Ich griff hastig nach meinen Klamotten, nahm ihr die Shorts ab, nur um sie achtlos auf den Boden fallen zu lassen, und legte stützend meinen Arm um sie. Die Wärme ihres Körpers hatte etwas gleichsam Entspannendes wie Erregendes. Warum war ich nicht schon früher einer Frau wie ihr begegnet? Sie war keine Schönheit fürs Auge, aber eine in ihrem Herzen. Eine Frau, die aller liebenswerten Lausbubenhaftigkeit und manchmal fast kindischen Naivität zum Trotz eine Weiblichkeit und Reife ausstrahlte, wie ich sie bisher in dieser Intensität und vor allem in dieser interessanten, ein wenig verrückten Mischung nicht gekannt und nicht für möglich gehalten hatte. Ich konnte mir vorstellen, dass mein Leben komplett anders verlaufen wäre – geordneter, zufriedener, und trotzdem nicht von der Langeweile und Spießbürgerlichkeit überschattet, vor der ich mich so sehr fürchtete und vor der ich in den vergangenen Jahren in einen fast zwanghaften Jugend- und Abenteuerwahn geflüchtet war.

»Kannst du mir helfen?«

Wir hatten den Duschraum erreicht, und Judith hatte sich an eines der großen Waschbecken gelehnt und umständlich ihre Bluse aufgeknöpft, sie aber nicht abgestreift. Ellen hatte ihr den Arm mit einem Schuhriemen abgebunden, und der Schmerz, der aus ihrer Stimme klang, schien echt zu sein. Anscheinend machte ihr die Wunde an ihrem Arm wieder sehr zu schaffen. Dennoch schenkte sie mir ein schüchternes Lächeln.

Ich trat auf sie zu und nickte langsam, brachte aber keinen Laut über meine plötzlich fürchterlich trockenen Lippen. Auf meiner Zunge breitete sich ein dicker Pelz aus, als mir bewusst wurde, dass Judith mir ansehen musste, wie sehr es mir gefiel, ihr beim Ausziehen und Duschen helfen zu müssen, aber obwohl mir die Ungünstigkeit des Augenblicks für erotische Gedanken durchaus bewusst war, fiel es mir enorm schwer, dieses Gefallen und das dazugehörige, elektrisierende Kribbeln in meinem Unterleib zu unterdrücken. Vorsichtig streifte ich den dünnen Stoff von ihren Schultern. Wie am frühen Abend, als sie mit zwei Dosen Cola bewaffnet in meinem Zimmer erschienen war und wir uns näher (Näher? Verdammt nah sogar!) gekommen waren, trug sie auch jetzt keinen BH unter ihrem Hemd – vielleicht besaß sie überhaupt keinen, schoss es mir durch den Kopf. Einen kurzen Augenblick war ich geneigt, verlegen zur Seite zu schauen, wandte den Blick dann aber nicht ab, weil ich bemerkte, dass Judith ebenfalls Anzeichen der Erregung zeigte. Ihre Brustwarzen hatten sich verführerisch aufgerichtet, und ihr Atem ging ein wenig schneller. Aber vielleicht lag es auch nur an der Kälte in dem gekachelten, unbeheizten Raum? Ich beschloss, mich zurückzuhalten. Vorläufig.

Judith streckte den gesunden Arm aus und streichelte ein wenig unbeholfen meine Wange. »Ich wünschte, wir hätten uns unter anderen Umständen kennen gelernt«, sagte sie leise und zuckte hilflos mit der schmerzfreien Schulter. »Es ist alles so verdreht. Verkehrt … Ich meine nicht die Morde … Eher, wie alles begonnen hat. Quasi auf Befehl … Und trotzdem …«

Sie schüttelte hilflos den Kopf und bedachte mich mit einem Blick, der mich darum zu bitten schien, die richtigen Worte für das zu finden, was sie auszudrücken versuchte. Diesen Gefallen konnte ich ihr nicht tun, so gerne ich das auch getan hätte. Ich verstand sehr gut, was sie meinte, hatte aber ähnliche Artikulationsschwierigkeiten wie sie, und außerdem nach wie vor das Gefühl, gerade ein Fuder Mehl geschluckt zu haben – wofür ich aber andererseits in diesem Augenblick sogar ein bisschen dankbar war, denn mein trockener Mund verhinderte zumindest, dass ich Judith vor die Füße sabberte wie ein erregter Köter. Also nickte ich nur verständnisvoll, was aber noch lange nicht bedeutete, dass ich mit ihr einer Meinung war. Unter anderen Umständen nämlich, hätte ich mir niemals die Mühe gemacht, eine Frau wie Judith anzubaggern. Ich stand eher auf den Typ Frau wie Ellen einer war, auf makellose Schönheiten, die problemlos als Mannequins für jede beliebige Modezeitschrift herhalten konnten, mit perfekten Maßen und voller Stolz auf ihre elegante Weiblichkeit. Leider standen Frauen wie Ellen nicht auf Typen wie mich, und alle meine Bemühungen, auch nur ein einziges Mal eine dieser Edelbräute abzubekommen, kulminierten in einer Geschichte lebenslangen Scheiterns. Bei meinen Anstrengungen, solche Frauen zu beeindrucken, hatte ich mir kaum eine Peinlichkeit erspart – die Spanne reichte von viel zu teuren Autos, auf deren Krediten ich teilweise heute noch saß, bis hin zu einem Intimpiercing, das mir eine wochenlange, qualvolle Entzündung eingebracht hatte, ehe ich auf die fünfzig Dollar, die es mich gekostet hatte, gepfiffen und es unter Tränen des Schmerzes selbst wieder entfernt hatte – ich selbst, und nicht eine der hübschen Fünfundsiebzig-Doppel-D-Mädels von der Strandbar. Ich war mir fast sicher, dass ich mich allen vorausgegangenen, lehrreichen Erfahrungen zum Trotz unverzüglich wieder nach Kräften zum Affen gemacht hätte, wenn Ellen mir auch nur das geringste Zeichen zur Hoffnung, bei ihr zu landen, gegeben hätte, als ich sie kennen gelernt hatte.

Nun stand ich neben Judith, die mich offensichtlich begehrte und nicht zuletzt ungemein erregte, obwohl ich mich mir selbst dabei fremd fühlte, und was tat ich? Ich dachte an Ellen und an tausend andere schöne Frauen! Ich war ein verdammter Idiot und würde immer einer bleiben, aber trotzdem nicht ganz so bescheuert, als dass ich den Spatzen nicht in der Hand behalten hätte, während ich nach der Taube auf dem Dach stierte.

»Das einzig Gute an dieser Hölle ist, dass ich dir hier begegnet bin«, flüsterte ich, und der stetig wachsende Teil meiner Persönlichkeit, der auf den Typen pfiff, als der ich hierher gekommen war, meinte es sogar ernst. Wenn es ein glattzüngiges Kompliment war, mit dem ich – drastisch ausgedrückt – guten Sex schnorren wollte, dann kam es von diesem manchmal recht oberflächlichen Spinner, der ich gewesen war, ehe ich Burg Crailsfelden betreten hatte und den ich im gleichen Moment in diesem gottverlassenen Kuhkaff zurücklassen wollte, sobald ich jemals wieder von hier wegkäme. Judith passte einfach zu mir. Die Chemie stimmte, das war entscheidend. Sie war die Antwort auf so viele verpatzte Rendezvous und auf das kurzfristige zwischenmenschliche Desaster mit dem Mädchen namens Isabelle, das schließlich mit einem angehenden Rechtsanwalt über alle Berge verschwunden war. »Ich werde dich beschützen«, versprach ich. »Wir werden gemeinsam von hier fortgehen.«

Judith wandte den Blick ab. Entweder brachte ich sie in Verlegenheit, oder sie glaubte mir nicht. Hatte ich Ellen unbewusst des Öfteren so angesehen, wie ich Frauen wie sie in freier Wildbahn für gewöhnlich anzusehen pflegte? Spürte Judith, dass sie eigentlich nicht das Idealbild verkörperte, das ich von einer Frau, die ich lieben konnte, hatte, oder wusste sie einfach, dass sie ein bisschen zu dick war und hielt sich deshalb nicht für begehrenswert, auch wenn ich ihr das weiszumachen versuchte?

»Versprechen wir uns nichts für Morgen«, sagte sie leise. »Es zählt jetzt nur der Augenblick. Wir müssen …«

Sie hob hilflos die Schultern und begann leise zu schluchzen. Dann schlang sie mir plötzlich die Arme um den Hals und küsste mich mit einer Leidenschaft, als sei es die letzte Gelegenheit, die sie in ihrem Leben dazu bekommen würde, oder als hinge ihr Leben gar an diesem einen Kuss. Auf einmal schien ihre Erschöpfung vollkommen verflogen, die schmerzhafte Wunde an ihrem Arm einfach vergessen. Hastig und ungeschickt wie Teenager in ihrer ersten Liebesnacht begannen wie einander die Kleider vom Leib zu zerren und versanken in einer schier endlosen Umarmung. Tastende Hände erkundeten weiche Haut, wir brauchten keine Worte, sondern kommunizierten einzig über unsere Körper, unsere Küsse, unseren Atem. Was wir einander mitzuteilen hatten, zielte ausschließlich auf Erregung, Zufriedenheit, das Geben und Nehmen von Wärme und einem Gefühl von Geborgenheit ab, löschte jeden

Gedanken an das, was geschehen war und geschehen könnte, einfach aus und katapultierte uns in einen bunten Strudel der unterschiedlichsten, allesamt aber durch und durch guten Empfindungen, in einen plötzlichen, euphorischen Liebestaumel.

Es war der Klang meiner eigenen Stimme, der von den gefliesten Wänden des engen Raumes widerhallte und mich aus meinem vollkommenen Rausch in die Wirklichkeit zurückholte, das letzte Echo eines unartikulierten Schreis, das Aufbegehren des Lebens, dem die peinliche Erkenntnis folgte, dass auch die anderen am Ende des Flurs uns (mich!) gehört haben mussten. Schwankend vor Erschöpfung hob ich Judith vom Waschbecken und hielt sie fest umklammert, während ein elektrisierendes Nachbeben meinen gesamten Körper von den Lenden aus durchfuhr. Ich schloss die Augen und hoffte, sie noch einmal zurückholen zu können, diese hemmungslose Euphorie, dieses absolute Gefühl von Freiheit. Augenblick um Augenblick wollte ich der Wirklichkeit stehlen, jenem Schicksal, das irgendwo in der Finsternis außerhalb des alten Duschraums lauerte. Die Scham, die die Erkenntnis in mir wachgerüttelt hatte, ließ sich nicht vollständig verdrängen, kam aber nicht gegen die Erregung an, die mich erfasst hatte. Wieder tasteten meine Hände über ihre warme, weiche Haut, vorsichtiger dieses Mal, mit einem Respekt, wie dem, mit dem ich einem unendlich zerbrechlichen Schatz begegnet wäre, einem empfindsamen Wesen, das ich berühren wollte, das ich streicheln wollte, dem ich etwas Gutes tun wollte, ohne ihm dabei mit einer unbedachten, vielleicht zu ruppigen Geste zu schaden, es zu erschrecken oder gar zu verletzen. Zärtlich liebkoste ich ihre prallen Brüste, streichelnd tasteten meine Fingerspitzen an ihrem Körper hinab, glitten über eine harte Narbe an ihrem Bauch, wo sie einen Moment verharrten. Ich würde Judith nach ihrem Ursprung fragen, wenn das alles hier vorbei war, wollte wissen, was meinem Mädchen, meinem wunderhübschen, kleinen Pummelchen widerfahren war, dass es eine solche Wunde davongetragen hatte, wer dafür die Verantwortung trug, wen ich dafür zur Rechenschaft ziehen konnte. Langsam, in streichelnden Bewegungen, tastete ich mich weiter hinab um zärtlich das zu erkunden, was einst der Dichter François Villon in seiner schönsten Ballade den *Erdbeermund* getauft hatte.

Ich wünschte, ich hätte mir die leidenschaftlichen Verse der Ballade für Yssabeau gemerkt, um sie Judith nun leise ins Ohr raunen zu können. Ich wollte, dass sie glücklich war, ausschließlich das. Mit gestohlenen Worten wollte ich das ausdrücken, was mir selbst in Silben zu packen unmöglich erschien, wollte mein Glück und auch meinen Schmerz, einfach alles, was zu mir gehörte, was in mir schlummerte, bedingungslos mit ihr teilen und zu einer untrennbaren Einheit mit ihr verschmelzen. Ich wollte, dass sie wusste, wie ich empfand, damit sie daran teilhaben konnte, damit es ihr so unwahrscheinlich gut ging, wie mir in diesem Augenblick. Doch meine Lippen blieben versiegelt, allein meine Hände beherrschten ihre Sprache, aber sie beherrschten sie gut, sprachen liebevoller, intensiver, einfühlsamer zu ihr, als sie je mit dem Körper einer Frau kommuniziert hatten.

Judith antwortete mir mit ihren Küssen. Ihre fiebernden Lippen liebkosten meinen Hals, wanderten meine Brust hinab, erkundeten zitternd meinen Bauchnabel. Ein weiteres Mal stahlen wir unserem Schicksal einen Augeblick des Glücks. Schließlich schleppten wir uns erschöpft zur Dusche und nahmen zum Abschied noch einmal Witterung vom Duft der Liebe, um unsere Körper letztlich dem eisigen Wasser zu übergeben.

Mit den Frottiertüchern, die Judith mitgebracht hatte und die zu vieles Waschen mit zu wenig Weichspüler in feines Schmirgelpapier verwandelt hatte, rieben wir einander wortlos trocken. Mit einem Male war es, als hätte das eiskalte Duschwasser unsere Gemeinsamkeiten im Gulli ertränkt, als sei jegliche Erregung, der Drang, einander zu berühren und zu verführen, uns gegenseitig riechend, fühlend und schmeckend zu erkunden, in einem kleinen Sturzbach mit dem kalten Nass durch den Abfluss davongelaufen. Die Sprache unserer Körper war verstummt, oder sie sprachen plötzlich verschiedene Sprachen, auf jeden Fall verstanden wir einander nicht mehr wie noch vor wenigen Minuten, ohne die Lippen zu bewegen. Judith wich meinen Blicken aus. Verwirrt fragte ich mich, was ich falsch gemacht haben könnte, was es gewesen war, was dieses unbehagliche Schweigen zwischen uns getrieben hatte, und wie Judith sich nun fühlte. Ich hatte ihr nur Gutes tun wollen, nichts getan, wogegen sie sich gewehrt oder aufbegehrt hatte. Sie sollte glücklich sein in diesen Sekunden, verdammt noch mal! Wir sollten beide glücklich sein, aber meine Unsicherheit nahm wieder überhand und ich fühlte mich nicht mehr wohl in meiner Haut.

Judith zog ein geblümtes Sommerkleid über, das eigentlich viel zu kalt war für diese Nacht, und die harten Nippel, als die sich ihre Brustwarzen unter dem dünnen Stoff abzeichneten, unterstrichen meine Vermutung. Darüber streifte sie eine weiße Strickjacke. Erschrocken stellte ich fest, dass sich der Schuhriemen, den Ellen als Aderpresse verwendet hatte, bei unserer leidenschaftlichen Umarmung gelöst hatte und wieder beachtliche Mengen Blut aus der Schnittwunde sickerten. Vielleicht lag ja ganz einfach darin die Erklärung für ihr plötzlich derart abweisendes Verhalten, und möglicherweise hatte sie einfach Schmerzen. Aber das rechtfertigte nicht ihre Kälte mir gegenüber, dachte ich fast zornig. Sie sollte lieber zu mir kommen und sich trösten und stützen lassen. Ich wollte für sie da sein, das musste sie doch spüren!

Schweigend zog ich mich an und kehrte mit Judith in Ellens Zimmer zurück. Die Ärztin empfing uns mit einem Blick, der mir im Bruchteil einer Sekunde eine Schamröte ins Gesicht trieb, die ich heiß auf meinen Wangen spürte.

»Make love, not war«, grummelte Carl und begrüßte uns mit einem anzüglichen Grinsen und einem Blick, in dem ich mehr als nur Eifersucht zu erkennen glaubte und den ich für sich allein genommen wahrscheinlich wohl wollend zur Kenntnis genommen hätte. Ich sagte nichts, sondern ließ mich auf eines der Betten sinken. Sollten Carl und Ellen doch denken, was sie wollten – das sollte im Augenblick wirklich meine kleinste Sorge sein. Viel mehr bedrückte mich nach wie vor das, was Judith durch den Kopf gehen mochte, und außerdem kehrte nun unerbittlich das volle Bewusstsein über die beschissene Situation zurück, in der wir uns nach wie vor alle befanden.

Judith hatte anscheinend nicht einmal ansatzweise ein Problem damit, die eigentlich recht peinliche Situation zu überspielen. Sie streifte ihre Strickjacke ab und drückte sie dem Wirt in die Hand.

»Würdest du jetzt meine Wunde versorgen?«, fragte sie Ellen in einem Tonfall, als sei nichts geschehen.

Einen Moment lang wirkte die Ärztin perplex, deutete dann aber auf ein weißes Handtuch, welches sie auf dem Schreibtisch unter dem Giebelfenster ausgebreitet hatte. Darauf lagen ein paar blütenweiße Tupfer, Mullbinden, und eine unangenehm gebogene Schere, die das Schlimmste befürchten ließ, sowie eine krumme Stahlnadel und eine Spindel, auf der ein blauer Plastikfaden aufgerollt war, kurz: All die Dinge, die mich in den vergangenen drei bis vier Jahren erfolgreich davon abgehalten hatten, einen beliebigen Arzt aufzusuchen, ganz egal, wie schwer mich die Sommergrippe erwischt oder die poröse Füllung in meinem Weisheitszahn mich gequält hatte. Ich war ein wenig erstaunt darüber, was ein handelsüblicher Erste-Hilfe-Kasten so alles hergab, und über die Kreativität, mit der Ellen es geschafft hatte, aus seinen Beständen und ein paar anderen einfachen Gegenständen einen fast vollständigen OP zu improvisieren. Was mir aber deutlich fehlte, waren ein wirkungsvolles Betäubungsmittel und eine sterile Spritze, mit der sie es Judith in die Venen jagen konnte.

»Muss ich mir Sorgen machen, dass du kollabierst?«, fragte Ellen kühl, und um ein Haar hätte ich den Kopf geschüttelt, hätte ich nicht noch rechtzeitig realisiert, dass sie ihre Frage nicht an mich, sondern selbstverständlich an Judith gerichtet hatte.

»Was?«, fragte Judith verständnislos.

Ellen verdrehte genervt die Augen. »Kippst du um, wenn du dein eigenes Blut siehst?«, fragte sie gereizt.

»Dann hätte ich mich vorhin in der Küche wohl kaum auf den Beinen gehalten, als es zum ersten Mal hell genug war, um zu sehen, was mit meinem Arm los ist«, antwortete Judith scheinbar gelassen, aber ich glaubte trotzdem zu erkennen, wie ihr Blick für den Bruchteil einer Sekunde unsicher auf der blitzenden, stählernen Nadel verharrte. Ihrem Argument ließ sich nichts entgegenbringen, ich war sicher, dass sie die Wahrheit sagte. Aber die Fähigkeit, ihr eigenes Blut sehen zu können, war in diesem Moment wahrscheinlich nicht das, worüber sie sich Gedanken machte.

»Tja ...«, sagte Ellen gedehnt. Wollte sie Judith quälen, oder hielt sie es tatsächlich für sinnvoll, ihre Angst vor dem, was kommen könnte, möglichst ins Unermessliche zu steigern, damit sie bei jeder Bewegung der Ärztin gleich immer auf etwas noch Schlimmeres gefasst war und sich vielleicht hinterher erleichtert fühlte, weil die kleine Operation ihre schlimmsten Befürchtungen doch nicht erreicht hatte? »Es ist schon erstaunlich, wie stark so eine kleine Schnittwunde bluten kann«, erklärte Ellen. »Man sieht aus, als käme man aus dem Schlachthaus. Ich arbeite schon seit mehr als sieben Jahren im OP, aber wie blutig dieses Handwerk ist, überrascht mich immer wieder aufs Neue.«

»Was willst du damit sagen?«, brauste Judith auf.

»Warum?« Ellen tat überrascht. »Was glaubst du denn, was ich sagen wollte?«

Sie wollte Judith quälen. Ich erhaschte ein winziges, eher befriedigtes als zufriedenes Aufblitzen in ihren eisblauen Augen. Was zum Teufel sollte das? Wir hatten verdammt noch mal schon genug andere Sorgen und mussten uns nicht gegenseitig noch psychisch schikanieren. Gut, ich hatte mich vorhin in der Küche Carl gegenüber auch nicht anders verhalten, aber das war etwas anderes gewesen, ich hatte darauf abgezielt –

Halt, schoss es mir durch den Kopf. Vielleicht war das, was die Rothaarige nun mit Judith veranstaltete, was sie so reden ließ und was sie womöglich gleich mit ihrem Arm anstellen würde, wirklich nichts anderes als das, was ich mit dem Wirt gemacht hatte. Möglicherweise war es nicht ausschließlich sadistische Lust, die sie ihre Rolle, die es ihr gestattete, Judith ein bisschen zu foltern, ausnutzen ließ, sondern sie verdächtigte Judith ebenso, wie ich vorhin (und eigentlich auch jetzt noch ein bisschen) Carl im Visier gehabt hatte.

»Ich kann bezeugen, dass Judith unter einem der Träger eingeklemmt war«, schoss ich ins Blaue. »Sie wäre gar nicht in der Lage gewesen, in die Küche hinaufzulaufen.«

»Habe ich das behauptet?«, entgegnete Ellen schnippisch, aber das leichte Zucken, das wieder durch ihre Gesichtsmuskeln fuhr, verriet mir, dass ich ganz genau ins Schwarze getroffen hatte. »Ich habe lediglich gesagt, dass es immer wieder verwunderlich ist, wie stark eine kleine Wunde bluten kann.«

»Besonders, wenn sie einem an der Kehle zugefügt wird«, fügte Carl düster hinzu.

Judith signalisierte mir mit einem mahnenden Blick, die Ruhe zu bewahren. Sie hatte verstanden, was mir bereits klar gewesen war, als ich mit Carl hier heraufkam: Der dickliche Althippie war darauf aus, Zwietracht zu säen, damit wir aufeinander losgingen und er vielleicht den Augenblick zur Flucht nutzen konnte, auch wenn er damit vielleicht nicht ganz aus dem Schneider war. Jedes Wort, was jetzt noch weiter gesprochen wurde, würde den Streit nur vertiefen.

»Du solltest meine Gnade nicht mit Vertrauen verwechseln, Carl. Nur weil ich mich im Zweifel für den Angeklagten entschieden habe, heißt das noch lange nicht, dass ich dir über den Weg traue.« Ellen wandte sich dem Wirt zu und maß ihn mit einem verächtlichen Blick. Auch ihr war der misslungene Versuch, uns gegeneinander aufzuhetzen, nicht entgangen, und sie zog daraus weitere Schlüsse für sich. Herzlichen Glückwunsch, Dicker, dachte ich zufrieden bei mir, während sie weitersprach. So sah ein klassisches Eigentor aus. »Weißt du Carl, für meinen Geschmack gibt es ein paar Indizien zu viel, die gegen dich sprechen.« Sie wies Judith mit einer Handbewegung an, sich auf dem freien Bett niederzulassen, zauberte ein Paar Aidshandschuhe aus dem Erste-Hilfe-Kasten neben dem Handtuch hervor, nahm die gebogene Nadel und fädelte geschickt den blauen Faden ein. »Da wäre zunächst die Tatsache, dass wir uns alle in deinem Lokal getroffen haben.«

»Aber das ist die einzige Wirtschaft im Dorf!«, entgegnete Carl aufgebracht. »Wo hätte das Treffen denn sonst stattfinden sollen?«

»Dann wäre da noch der Umstand, dass du schon eine ganze Weile Hausmeister hier in der Burg spielst und die Besitzer dieses Gemäuers kennen musst.

Was du uns verschwiegen hast, solange es nur eben ging«, fuhr Ellen unbeirrt fort, während sie Judiths Arm mit einem der alkoholgetränkten Wattetupfer säuberte. »Denk an was anderes …«

Schätzchen, fügte ich in Gedanken hinzu. Sie hatte sich ihre Lieblingsanrede für Judith wieder verkniffen; Carl hatte ganze Arbeit geleistet. Wenn Ellens Verdacht eben noch in Judiths Richtung tendiert hatte und sie drauf und dran gewesen war, sie zu quälen, bis sie alles sagte, was Ellen hören wollte, so wie ich es vorhin noch mit dem Wirt vorgehabt hatte, dann hatte er ihr geballtes Misstrauen mit seiner dämlichen Bemerkung zumindest für den Augenblick auf einer Schnellstraße zu sich selbst umgeleitet.

»Es wird nur ein bisschen pieksen«, erklärte Ellen in erstaunlich einfühlsamem Tonfall an Judith gewandt, die sich angespannt mit den Schneidezähnen auf die Unterlippe biss und skeptisch jede noch so kleine Bewegung der jungen Ärztin mit zwar nicht allzu ängstlichen, aber enorm misstrauischen Blicken verfolgte. Der sadistische Unterton war aus Ellens Stimme verschwunden, und auch ihr Blick schien, sofern ich das von der Seite aus beurteilen konnte, nicht mehr kühl und kampflustig, sondern so aufmerksam und ruhig, dass er nahezu liebevoll wirkte. »Je stärker du dich darauf konzentrierst, desto mehr wird dir der Schmerz zu schaffen machen«, erklärte sie ruhig. »Sag du uns doch, was du von Carl hältst. Jede Ablenkung ist jetzt willkommen.«

»Was wird das?« Carl wich einen Schritt zurück Richtung Ausgang. Sorgenvoll suchte ich nach dem großen Tranchiermesser oder dem Dolch, aber beides lag in Ellens Griffweite. Carl hätte auf dem Absatz kehrt machen und aus dem Zimmer stürmen können, aber entweder war er zu feige, oder er hatte zumindest genug Grips in seinem unattraktiven Schädel, um zu begreifen, dass er besser daran tat, der Ärztin hier Rede und Antwort zu stehen, als die Beine in die Hand zu nehmen und sich damit endgültig zum Hauptverdächtigen zu machen. Er wusste, er würde unweigerlich sofort und ohne weitere Diskussionen in seine molekularen Bausteine zerlegt werden, sobald wir ihn zwischen die Finger bekämen. Und weit würde er nicht kommen. Es gab keinen Ausgang, und außerdem war jeder einzelne von uns im Laufschritt wahrscheinlich schneller, als der dicke Wirt im Sprint. »Wird das hier ein Tribunal mit therapeutischem Hintergrund?«, fragte er in einer Mischung aus Schrecken und Ärger. Ich sah, wie sich wieder feine Schweißperlchen auf seiner Stirn und hinter seinen Ohren sammelten. »Als was spielt ihr drei euch hier eigentlich auf? Bin ich jetzt der nächste auf der Todesliste? Vielleicht weil mein Vater als Fotograf auch für die Nazis gearbeitet hat? Das würde dann ja prima mit Eds Tod in eine Reihe passen!«

»Was hingegen so gar nicht in eine Reihe passt, ist die Tatsache, dass der Mörder, der durch diese Burg zieht, Ed absticht, dich aber am Leben lässt, obwohl du ihm wehrlos ausgeliefert warst«, konterte Ellen.

Ihre Vorgehensweise war eine recht eigenwillige, fand ich. Es war nicht etwa so, dass ich Mitleid mit Carl gehabt hätte, im Gegenteil: Dass der brodelnde Hass, der in der Küche über mein Handeln bestimmt hatte, mittlerweile versiegt war, hieß noch lange nicht, dass ich irgendetwas für den schwabbeligen, langhaarigen Wirt übrig gehabt hätte. Sein

Leid war mir nach wie vor eine Freude, wenn auch nicht mehr eine, die derart perverse Ausmaße annahm. Aber die widersprüchliche Art, mit der Ellen Judith behandelte und gleichzeitig einen Streit mit Carl heraufbeschwor, war wirklich bemerkenswert. Was bezweckte sie damit? Wollte sie Judith, wie sie ganz offen behauptet hatte, wirklich nur von ihren Schmerzen ablenken, oder verfolgte sie damit einen ganz anderen, dunklen Plan?

Verdammt, ich begann schon wieder damit, einen der anderen zu verdächtigen. Es wäre klüger, wenn wir uns alle zusammenraufen und dem Mörder, der irgendwo da draußen auf uns lauerte, trotzen würden. Es sei denn, er befand sich wirklich in diesem Raum …

Carls Verteidigung gegen Ellens Vorwürfe war mehr als unbeholfen. Ellen sah den Wirt nicht einmal an, sondern konzentrierte sich darauf die gebogene Nadel in Judiths Fleisch zu versenken. Kleine, rote Blutperlen erschienen auf der hellen Haut, wenn sie einen neuen Stich setzte, wobei Judith sich erstaunlich tapfer hielt. Hin und wieder stöhnte sie leise, und ihr Gesicht war zu einer Grimasse des *Sich-bloß-nichts-Anmerkenlassens* verzogen, woran ich erkannte, dass Ellens Ablenkungsstrategie nicht besonders gut fruchtete. Ich bewunderte sie für die Stärke, die sie in diesem Moment aufbrachte, als Ellen ohne Betäubung und mit einfachsten Mitteln in einem alten Internatszimmer an ihr herumoperierte, während draußen auf dem Flur vielleicht ein brutaler Massenmörder nur auf einen günstigen Augenblick wartete, um zum finalen Schlag auszuholen. Was mich selbst betraf, vermochte mich schon das Geräusch eines Bohrers beim Zahnarzt auf die

Schwelle zur Ohnmacht zu katapultieren, von dem Gefühl einer Nadel, die durch die Haut geschoben wurde, etwas in meinen Kreislauf pumpte, von dem die Natur nicht gedacht hatte, dass es dort sein sollte, ganz zu schweigen. Judith aber ertrug geduldig einen Einstich nach dem anderen, mit schmerzverzerrtem Gesicht zwar, aber ohne Protest, während mir allein von dem Gedanken an das Gefühl, das sie haben musste, wenn Ellen den blauen Plastikfaden durch ihr Fleisch zog, einmal mehr speiübel wurde. Carl jedoch brachte Ellen immer mehr in Rage, obwohl sie sich zumindest in diesen Sekunden ausschließlich auf ihre undankbare Arbeit zu konzentrieren schien und nichts mehr sagte. Statt sich herumzudrehen und aus dem Zimmer zu stürmen, machte er nun in einem Anfall von verzweifelter Wut einen Schritt auf die beiden Frauen zu. Ich sprang auf, griff nach dem Tranchiermesser und nahm vor den beiden Frauen Aufstellung.

»Reg dich ab, Carl«, sagte ich, wobei ich mich mit wenig Erfolg um einen versöhnlichen Tonfall bemühte. Wenn aber meine mehr als kümmerliche Rhetorik den Wirt schon nicht zum Rückzug zu bringen vermochte, dann offenbar zumindest das riesige Messer in meiner Hand. Er war alles andere als ein Athlet, aber bei seiner bulligen Statur wäre es mir unbewaffnet wahrscheinlich kaum möglich gewesen, ihn zurückzuhalten, wenn er tatsächlich auf Ellen und Judith losgegangen wäre.

Carls Gesicht war purpurrot angelaufen, und er schnaubte vor mühsam unterdrücktem Zorn, als er meine Worte in verächtlichem Tonfall wiederholte. »Reg dich ab, reg dich ab«, fluchte er. »Das sagt mir gerade der Richtige! Glaubst du etwa, ich hätte schon vergessen, wie du mich vorhin behandelt hast, Mister Obersklaventreiber? Ich weiß ganz genau, wer der nächste auf eurer Todesliste ist!«

»Red keinen Unsinn«, entgegnete ich auf seine lahme Anschuldigung und wandte den Blick beschämt ab, mit dem ich Judith über die Schulter hinweg bedacht hatte, als Carl meine Folterversuche in der Küche ansprach. Eine Todesliste? Das war doch blanker Unsinn! Wer auch immer die Morde auf dem Gewissen hatte, war ein Irrer, der nicht Buch führte, sondern gerade den willkürlich dahinraffte, der ihm die Gelegenheit zum Meucheln bot, ohne dabei entdeckt zu werden. Was aber blieb, musste ich mir selbst eingestehen, war die Frage nach dem Grund, aus dem der Wirt noch lebte. »Ich glaube nicht, dass wir hier einen Killer in diesem Zimmer haben«, behauptete ich, klang dabei aber wahrscheinlich wenig überzeugt von meinen eigenen Worten. »Was meint ihr denn?«

Ich riskierte einen flüchtigen Blick in Ellens und Judiths Richtung, bei dem ich zur Sicherheit aber Carl aus den Augenwinkeln beobachtete. Ellen tat, als ginge sie das alles nichts an und setzte in aller Ruhe und mit beneidenswerter Professionalität den letzten Stich an der Wundnaht, ehe sie den Plastikfaden mit der gebogenen Schere durchtrennte. Was Judith anging, so schien die Strategie der Chirurgin letzten Endes doch noch aufgegangen zu sein: Sie ließ Carl nicht für die Dauer eines Lidschlags aus den Augen, als rechnete sie fest damit, dass der Wirt jeden Moment aus der Haut fahren und sich doch noch auf sie stürzen wollte.

»Fertig.« Ellen legte die Schere zurück, tupfte vorsichtig das Blut von Judiths Arm und begutachtete ihr Werk mit einem zufriedenen Lächeln. Ich konnte ihren Stolz nicht ganz nachvollziehen, denn aus meiner laienhaften Perspektive wirkte die Wunde an Judiths Arm nun noch gefährlicher und hässlicher, als zuvor. Die Wundränder standen hoch wie ein Wulst, die Haut außen herum spannte sichtbar, und ich hatte meine Zweifel, dass es tatsächlich, wie die Ärztin behauptet hatte, sinnvoll gewesen war, den Schnitt zu vernähen, um die Bildung einer hässlichen Narbe zu vermeiden. Ich glaubte nicht an den erhofften Erfolg.

Endlich riskierte auch Judith einen zögerlichen Blick, und sie sah dabei nicht besonders glücklich aus. Wahrscheinlich dachte sie das Gleiche wie ich.

»Morgen früh werde ich mir die Wunde noch einmal ansehen. In einer Woche können dann die Fäden gezogen werden.« Ellen streifte die dünnen Gummihandschuhe von ihren Händen und schnippte in einer übertriebenen Geste etwas Schmutz von ihrer noch immer klammen Bluse. »Ich werde jetzt duschen gehen. Ich sehe ja aus, als hätte ich ein Schlammbad genommen«, beschloss sie kopfschüttelnd und erhob sich seufzend von der Bettkante.

Ich stöhnte innerlich auf. Wann auch immer Ellen anfing, einen Ansatz von Sympathie in mir wachzurütteln, prügelte sie diesen spätestens im übernächsten Satz zurück in die Schatten meines Bewusstseins. Als sie gerade noch Judiths Wunde vernäht und ihr (so gut sie es für ihre Verhältnisse eben konnte) gut zugeredet hatte, hatte sie erwachsener und vernünftiger gewirkt, als sie es tat, wenn sie bewusst diesen Eindruck zu vermitteln versuchte. Ich hatte ihr Können insgeheim bewundert, ihre Gelassenheit und ihre Kreativität in dieser Notsituation heimlich bestaunt, und nun benahm sie sich von einer Sekunde auf die nächste wie ein affektiertes Luxusweibchen, ganz so, als befänden wir uns nicht auf einer gottverlassenen, verfluchten Burg, sondern in einem Schlosshotel, in dem sie sich dringend umkleiden musste, weil sie sich beim Golfspielen mit einem halben Milliliter Schweiß besudelt hatte. Währenddessen durchbohrte Carl uns alle nacheinander mit einem Blick, aus dem ich nicht besonders schlau wurde. Seine fleischigen, mittlerweile etwas rissigen Lippen waren zur Karikatur eines Lächelns verzerrt.

»Keine Antwort zur Todesliste«, sagte er fast flüsternd. »Dazu gibt es wohl nichts zu sagen.«

»Weil es blanker Unsinn ist«, stöhnte ich gereizt.

»Natürlich!« Der Wirt gab ein spöttisches, aufgesetzt klingendes Lachen von sich und begann wild mit den Armen zu gestikulieren, die ich ihm am liebsten gleich wieder auf dem Rücken zusammengebunden hätte. Ich beschloss, das bei der nächsten Gelegenheit nachzuholen, sobald ich dazu gekommen war, das Klebeband aus der Küche zu holen. »Ich hab ganz vergessen, dass ihr die Weisheit alle mit Löffeln gefressen habt«, spottete Carl. »Deshalb ist für euch ja auch nichts dabei, allein unter die Dusche zu gehen, während da draußen ein Killer herumläuft und sich –«

»Hattest du etwa darauf spekuliert, dass ich dich mitnehme, Süßer?«, fiel Ellen ihm mit einem herablassenden Lächeln ins Wort. »Damit wir auch so ein nettes, lautstarkes Nümmerchen schieben können, wie unsere beiden Zimmergenossen?« Sie griff nach dem Napola-Dolch, und ich spürte, wie meine

Wangen ein weiteres Mal einen roten, wahrscheinlich an einen Violettton grenzenden Farbton annahmen. »Der Killer würde einen großen Fehler machen, wenn er mir über den Weg läuft«, behauptete die Ärztin so selbstsicher, dass es schier großkotzig klang, und verpasste sich damit ein paar weitere Gummipunkte auf meiner Liste dessen, was so alles dagegen sprach, Sympathie für sie zu empfinden. »Stefan hatte keine Ahnung, dass er in Gefahr war, und Ed war nicht in der Lage, sich zu wehren. Ich hingegen warte nur darauf, dass dieses Schwein sich bei mir blicken lässt.«

Ohne einem von uns die Gelegenheit zu einem weiteren Einwand zu geben, schnappte sie sich einen kleinen Stapel sorgsam zusammengelegter Kleidungsstücke sowie ein Handtuch, welches sie wahrscheinlich in Judiths und meiner Abwesenheit vorbereitend auf dem Bett abgelegt hatte, und verschwand auf dem Flur. Ihre Schritte hallten von den nackten Wänden wider, und einige Augenblicke später konnten wir hören, wie sie sich an dem rostigen Duschhahn zu schaffen machte. Die Exaktheit, mit der ich jeden einzelnen ihrer Handschläge nachvollziehen konnte, trug nicht unbedingt dazu bei, mich schnell wieder zu entspannen, und die Schamesröte, die meine Wangen überzogen hatte, brannte sich regelrecht dort fest. Ich hatte keine Ahnung gehabt, wie verdammt deutlich man hier noch hören konnte, was in der Dusche vor sich ging, dabei aber laut genug herumgestöhnt, dass man es auch bei durchschnittlicher Schallisolation wahrscheinlich noch unten in der Küche mitbekommen hätte. Ich wusste nicht, ob Ellen und Carl sich während unseres kurzen Abenteuers in der Dusche eher über uns lustig gemacht, oder ob sie tatsächlich berechtigte Abscheu bei der Vorstellung empfunden hatten, wie ich in meinen schmutzigen, nach Erbrochenem riechenden Klamotten über mein fiebriges, blutverschmiertes Pummelchen herfiel, zog es aber vor, nicht weiter darüber nachzugrübeln, damit sich die Röte der Scham nicht noch derart tief in meine Wangen einbrannte, dass ich bleibende Narben davon zurückbehielt. Wir hätten wirklich wenigstens die Tür hinter uns zumachen können, verfluchte ich mich selbst. Ich wandte mich zu Judith um und wollte irgendetwas sagen, was mir wahrscheinlich ohnehin hinterher Leid getan hätte, und bemerkte, dass auch ihre Wangen inzwischen einen von Verlegenheit singenden, rosigen Farbton angenommen hatten. Droben gewann Ellen offenbar den Kampf gegen den rostigen Hahn, und wir konnten nur zu deutlich hören, wie das Wasser durch die alten Rohre rauschte und auf die weißen Kacheln im Duschraum hinabprasselte. Carl war der Erste, der wieder das Wort ergriff.

»Seid ihr wirklich so dumm, ihr zu vertrauen?«, flüsterte er in verschwörerischem Tonfall und mit einem verstohlenen Blick zur Tür, als befürchte er, dass die Chirurgin jede Sekunde dort hinter ihm erscheinen könnte, obwohl das Rauschen der Dusche wirklich nicht zu überhören war. »Verglichen mit uns sah sie doch aus wie aus dem Ei gepellt. Sie braucht gar keine Dusche. Warum ist sie also gegangen?« Er wartete anderthalb Sekunden ab, um uns das Gefühl zu geben, eine Antwort auf seine rein rhetorische Frage zu erwarten, redete dann aber schnell weiter, ehe Judith, die offenbar tatsächlich etwas sagen wollte, Luft dazu geholt hatte. »Ich wette, sie ist verrückt und versteckt sich jetzt irgendwo in der Burg, um eine günstige Gelegenheit abzuwarten und uns dann einzeln fertig zu machen. Oder aber sie hat einen Komplizen, mit dem sie sich jetzt trifft, um sich mit ihm zu beratschlagen, wen von uns sie als Nächstes umbringen wollen.«

»Sei still«, fauchte Judith ungehalten. »Verrückt bist hier ganz alleine du. Warum sollte sie mir den Arm vernähen, um mich dann umzubringen? Das ergibt doch keinen Sinn.«

Der Wirt hob in einer beschwichtigenden Geste die Hände. »Es sei denn, es war der Sinn dieser Barmherzigkeit, uns in Sicherheit zu wiegen«, spekulierte er. »Dann wäre ihr Plan schon aufgegangen, zumindest was dich anbelangt.«

Ganz im Gegensatz zu deinem, der nach wie vor darauf abzielt, uns gegeneinander auszuspielen, dachte ich insgeheim verächtlich, besann mich aber, nach außen hin an meiner schlichtenden Haltung festzuhalten. Einer von uns musste schließlich den Verstand behalten.

»Es kann aber auch eine ganz simple Erklärung für ihre Dusche geben«, wandte ich ruhig ein. »Sie ist eben eine Frau, und noch dazu eine Chirurgin. Da ist es wahrscheinlich ganz normal, nach einer Operation zu duschen und einen kleinen Sauberkeitstick zu haben. Die Macht der Gewohnheit sozusagen. Und ihre Klamotten waren nass. Außerdem hören wir alle, dass sie im Duschraum ist, deshalb besteht kein Anlass, in Panik zu verfallen. Wir wissen schließlich, wo sie sich aufhält.«

»Wir wissen, dass jemand unter der Dusche steht«, spaltete der Wirt verbal Haare.

Eigentlich hatte er sogar recht mit dem, was er

sagte, denn alles, was wir definitiv wussten, war, dass das Wasser im Duschraum unregelmäßig rauschte, woraus wir schließen konnten, dass sich jemand unter dem Duschstrahl bewegte. Manchmal wurde das Rauschen unterbrochen, dann klang es wieder lauter. Natürlich konnte es einfach irgendjemand sein, der sich darunter bewegte – schließlich konnten wir Ellen nicht sehen (was der kleine Schweinehund in mir, mit dem ich heute schon so oft in Zwiespalt geraten war, aufrecht bedauerte). Einen kleinen Augenblick lang war ich sogar geneigt, der attraktiven Ärztin nach oben zu folgen und mich davon zu vergewissern, dass sie sich mitten in ihrem für uns Männer unergründlichen Reinigungsritual einer Frau befand, aber ich beherrschte mich dann doch. Wenn Carl Unrecht hatte, dann würde ich gleich dastehen wie ein blöder Spanner, der heimlich eine nackte Frau unter der Dusche beobachtete, und der Einzige, der dann davon profitierte, war dieser kleine Voyeur, der wohl in jedem männlichen Wesen steckte. Ich durfte mich nicht auf solche bescheuerten Kindereien einlassen, ich durfte Carls Spielchen nicht mitmachen.

Und nicht zuletzt gab es noch eine ganz andere Methode, um herauszufinden, wo sich die Ärztin gerade befand.

»Ellen?«, rief ich laut.

Niemand antwortete. Ich spürte, wie sich ein eisiger Klumpen in meinem sensiblen Magen bildete.

»Sie ist nicht mehr da.« Der Wirt lächelte triumphierend.

»Quatsch«, schaltete sich Judith ein und schüttelte entschieden den Kopf. »Sie kann uns einfach nicht hören. Sie steht unter der Dusche, verdammt!

Könnt ihr mal einen Gang runterschalten und mit euren beschissenen Verschwörungstheorien aufhören?«

»Verschwörungstheorien?«, wiederholte Carl herausfordernd und stieß ein meckerndes Lachen aus. »Hat dir Ellens Hetzkampagne gegen mich endgültig das Hirn vernebelt? Wer von uns hätte wohl die Fähigkeit gehabt, Ed die Kehle so gekonnt durchzuschneiden, dass man dabei keinen einzigen Tropfen Blut abbekommt? Und Ellen hatte die Gelegenheit dazu, während ihr beide noch unten im Keller wart. Vielleicht hat sie auch schon Maria erledigt, und jetzt wartet sie noch auf den geeigneten Moment für uns.«

Ich fühlte mich ein wenig so, als träufelten Carls Worte wie ein schleichendes Gift in meine Gedanken. Nach wie vor war niemand anderes als er mein persönlicher Hauptverdächtiger, als Abschusskandidat an erster Stelle auf meiner Liste und derjenige, der mir nach Eduards grauenvollem Ableben von allen hier am tiefsten zuwider war. Dennoch war ich nun auch fast wieder bereit, ihm zu glauben. Judiths Argumente waren mindestens genauso plausibel wie die seinen, und seine mögliche Schuld am Tod der beiden anderen eher noch einfacher zu glauben, als die, die er Ellen gerade versuchte zuzuschieben. Trotzdem konnte ich mir nur zu lebhaft vorstellen, dass in diesem Augenblick nicht Ellen, sondern irgendjemand anderes unter der Dusche stand, der zusammen mit der rothaarigen Ärztin ein tödliches Spiel mit uns spielte. Ich lauschte angestrengt. Das Geräusch des auf den harten Boden niederprasselnden Wassers war verstummt und eine unheimliche Stille eingekehrt, die mir mit der destruktiven Achterbahnfahrt meiner Gedanken eisige Schauer und eine Gänsehaut über Arme und Rücken trieb.

»Statt weiter Paranoia zu schieben, sollten wir lieber etwas Sinnvolles tun und uns einmal Marias Sachen ansehen«, schlug Judith nüchtern vor. Ich war ihr dankbar für diese Ablenkung von der absurden Schnapsidee des Wirtes und schalt mich insgeheim einen Narren, dass ich sie überhaupt eine Sekunde lang verfolgt hatte. »Sie hat mehr über die Burg gewusst, als wir alle zusammen. Vor allem über das, was hier im Dritten Reich geschehen ist. Und sie hat jede Menge Bücher dazu mitgeschleppt«, erklärte sie.

»Paranoia!«, fauchte Carl unbeirrt. »Habe ich mir vielleicht eingebildet, dass Ed nur ein paar Schritte neben mir abgestochen wurde, sodass sein Blut mir ins Gesicht spritzte? Und von Stefan mit dem Messer im Rücken habe ich wahrscheinlich auch nur geträumt! Komm, weck mich auf, Schätzchen. Dass dich das alles hier kalt lässt, hast du mir ja schon eindrucksvoll bewiesen, du Fotze! Fickst hier laut stöhnend herum, während unten zwei Leichen liegen und irgendwo ein Killer umherschleicht. Ich an deiner Stelle würde –«

Das war zu viel. Mit voller Gewalt rammte ich das Tranchiermesser in die Tischplatte neben mir, stürzte mich mit einem Kampfschrei auf den Wirt und packte ihn am Kragen seines dunkelblauen Trainingsanzuges. Vom Schwung meiner aggressiven Bewegung aus dem Gleichgewicht geraten, prallte ich in der gleichen Sekunde gegen seinen speckigen Leib, sodass Carl mit einem entsetzten Aufschrei rückwärts gegen den Türrahmen knallte. Ein dumpfer Laut erklang, und ich hörte, wie seine Zähne hart aufeinander schlugen, aber obwohl es nicht meine Absicht gewesen war, ihn auf diese Weise zu verletzen, tat mir die mächtige Beule, die er in diesem Augenblick mit Sicherheit davontrug, kein bisschen Leid. Im Gegenteil: Er hatte noch lange nicht genug.

Der Wirt war völlig überrumpelt und vor Schrecken und Überraschung nicht einmal in der Lage, sich gegen meine Attacke zu wehren, sondern hob nur schützend sie Arme vors Gesicht, was meine zur Faust geballte Linke aber nicht daran hindern konnte, klatschend in seinem Gesicht zu landen. Ich hatte mich nie zuvor mit jemandem geprügelt, war Zeit meines Lebens ein gottverdammter Feigling gewesen, sodass mein erster Schlag schlecht gesessen und lediglich die rechte Wange des Wirtes getroffen hatte. Aber für Judith war ich in diesen Sekunden bereit, meine Karriere als Feigling und Versager zu beenden und Carl und mir selbst zu beweisen, dass durchaus ein ganzer Kerl in mir steckte, dessen Geduld begrenzt war und Konsequenzen entschieden und schmerzhaft sein konnten. Immer wieder ließ ich in blinder Wut abwechselnd die rechte und die linke geballte Faust in Carls aufgeschwemmtes Gesicht schnellen, beobachtete mit Befriedigung und in zunehmender, an Mordlust grenzender Rage, wie seine Nase zu bluten und sein linkes Auge anzuschwellen begann. Fotze hatte er sie genannt, sie auf eine Weise beschimpft, mit der ich nicht einmal einer Hure unter einer Laterne begegnen könnte. Niemand sprang so mit meiner kleinen Judith um, kein Mensch auf der Welt, und schon gar nicht dieser stupide Fettwanst, der mindestens ein Vierteljahrhundert der gesellschaftlichen Entwicklung und des menschlichen Fortschritts verpennt hatte! Ich holte schwungvoll mit dem angewinkelten Bein aus, um ihm leidenschaftlich mein Knie in den Schritt zu rammen, doch im letzten Moment umklammerte Judith meinen Brustkorb mit festem Griff und zog mich mit einem entschiedenen, erstaunlich kraftvollen Ruck von dem wimmernden Wirt zurück.

»Es ist genug.« Ihre Stimme klang wie aus weiter Ferne zu mir hindurch.

»Das verdammte Drecksschwein!« Ich versuchte mich aus ihrer Umklammerung loszuwinden, bereit, erneut auf den dicken Gastwirt loszugehen und so lange auf ihn einzuschlagen, bis er wimmernd am Boden lag, und sogar dann noch ein paar Tritte nachzusetzen, ehe ich ihm ins Gesicht spuckte. »Dem stopfe ich das Maul, der wird nie wieder so über dich reden, hast du gehört? Dieser miese kleine Wichser, diese beschissene, fette Sackratte, ich werde ihn –«

Mit bloßen Händen erschlagen, ausnehmen wie einen fetten Karpfen und unter seinen eigenen Innereien begraben, hatte ich sagen wollen, aber Judith schnitt mir das Wort ab.

»Es reicht!«, wiederholte Judith nachdrücklich, aber ich glaubte sehr wohl, so etwas wie Bewunderung, zumindest aber Verständnis aus ihrer Stimme herauszuhören. »Lass ihn. Wer sich mit Dreck abgibt, macht sich schmutzig. Er ist es nicht wert.«

»Na, kaum hat man euch allein gelassen, schon geht ihr euch wieder mit größter Begeisterung gegenseitig an die Kehle.« Es war Ellen, die das sagte. Sie hatte geduscht und sich angezogen und stand nun im Türrahmen, von wo aus sie mich mit einem geschauspielerten, übertrieben wirkenden Kopfschütteln und dem Blick einer Gouvernante maß, die gerade ihre Schützlinge beim Naschen aus dem Marmeladenglas erwischt hat. »Das ist ja wie im Kindergarten hier!«

In der gnadenlosen Zerstörungswut, die mich erfasst hatte, hätte ich mich am liebsten allein schon für die arrogante Weise, auf die sie mich betrachtete, doch noch entschiedener gegen Judiths Klammergriff gewehrt, um gleich bei der Ärztin an der Stelle weiterzumachen, wo ich bei Carl unfreiwilligerweise aufgehört hatte, doch unsere hochnäsige Chirurgin sah so unverschämt gut aus in diesem Augenblick. Zwar war ihr Haar noch immer nass und hing strähnig auf ihre Schultern hinab, aber das tat dem Bild, das sich meinem Ästhetik liebenden Auge bot, keinen Abbruch. Im Gegenteil, es gab ihrer makellosen Schönheit zusätzlich etwas ungemein Leidenschaftliches, vielleicht, weil es mich unbewusst an den Sex mit Judith erinnerte. Sie trug ein dunkelblaues Kostüm, das sich aus einem knappen, aufregend taillierten Blazer und einem Minirock zusammensetzte, der ihr kaum bis zur Mitte der Oberschenkel reichte und damit exakt das Maß traf, an dem er noch nicht billig, trotzdem aber ungemein sexy wirkte. Ihre langen, schlanken Beine steckten in einer eleganten, schwarzen Strumpfhose, die nichts kaschierte, sondern eher noch ihre makellos glatte Haut ohne Grübchen und Narben betonte. Die mit Sicherheit ebenso wie der Rest ihres einwandfreien Körpers makellos geformten Füße steckten in einem Paar zierlicher schwarzer Pumps mit Pfennigabsätzen, auf denen zu gehen in meinen Augen an eine zirkusreife Nummer grenzte. Die weiße Bluse, die sie unter ihrem Blazer trug, war unglaublich tief ausgeschnitten und forderte begehrliche Blicke wie den, mit dem ich sie unpassenderweise in diesem Augenblick wahrscheinlich nur allzu unverblümt musterte, geradezu heraus.

»Etwas overdressed«, kommentierte Judith kühl, wobei sie mich noch immer fest umklammert hielt. Ich spürte, wie sich ihre Muskeln noch stärker anspannten, und sandte ein Stoßgebet zum Himmel, dass die beiden Frauen einander in Frieden lassen und nicht aufeinander losgehen würden, kaum dass ich die Kontrolle über meine eigenen Aggressionen gänzlich zurückerlangt hatte. Ellens Aufmachung war die blanke Provokation. Ich fragte mich, warum sie das tat und was sie damit erreichen wollte.

»Das ist mein Outfit für die Testamenteröffnung«, antwortete die Chirurgin mit einem überheblichen Lächeln. »Ich hatte nicht vor, dort in Jeans und selbst gestricktem Pullover zu erscheinen. Leider ist das alles, was ich noch an sauberer Garderobe dabei habe.« Sie bedachte Judith mit einem verächtlichen Blick. »Im Übrigen ist es eben nicht jedem gegeben, sich auf den Wühltischen bei Aldi und Lidl komplett einzukleiden, weil selbst der Discountladen noch zu teuer erscheint.«

»Nur schade, dass man einen miesen Charakter nicht einmal hinter einem Jil-Sander-Kostüm verstecken kann«, konterte Judith spitz, ließ endlich meinen Brustkorb los und trat mit in die Hüften gestemmten Fäusten einen Schritt auf die Ärztin zu – mit jeder Faser ihres Körpers forderte sie dabei Ellen heraus.

Ellen taxierte sie wie ein Preisboxer, der einen unbekannten Gegner einzuschätzen versucht. Dann verharrte ihr Blick auf Judiths Brustwarzen, die sich hart unter dem dünnen Stoff ihres Kleides abzeichneten. Spöttisch hob sie eine Braue. »Etwas zu verbergen ist auch gar nicht deine Art, nicht wahr, Schätzchen?« Da war es wieder, das Schätzchen. Sie hatte es verdächtig lange bei sich behalten. »Zeigst wie ein Teenager alles, was du hast, und empfindest Sex unter der Dusche vermutlich als Gipfel der Ruchlosigkeit.« Sie bedachte Carl mit einem verächtlichen Rümpfen ihrer bildhübschen, schmalen Nase. »Was bei primitiven Rammlern ja in der Tat auch Wirkung zeigt«, setzte sie hinzu.

»Stopp!«, entfuhr es mir, denn meine rasende Wut verebbte fast so schnell, wie sie aufgestiegen war, und ich realisierte fassungslos, was wir hier eigentlich taten. »Wir ... wir müssen damit aufhören«, stammelte ich hilflos. »Was ist hier los? Warum benehmen wir uns wie blutrünstige Hunde und fallen dauernd übereinander her?«

»Das fragt ja gerade der Richtige«, knurrte Carl, dessen rechtes Auge binnen kürzester Zeit gnadenlos zugeschwollen war und dem nach wie vor dünnes Blut in kleinen Rinnsalen aus den Nasenlöchern floss.

»Hier prallen eben Welten aufeinander«, antwortete Ellen spitz und warf mit einer arroganten Bewegung den Kopf in den Nacken. »Das ist das ewige Ringen des guten Geschmacks mit dem vulgären Proletenpack.«

»Genug!«, erwiderte ich mit Nachdruck. Ich musste mich nach Kräften beherrschen, damit meine Wut nicht im nächsten Moment wieder zu blinder Raserei hochkochte. Was, um Himmels Willen, gab es in dieser verfluchten Burg, das uns alle so reizbar und geradezu unberechenbar machte? Welcher teuflische Fluch lastete auf diesen Gemäuern? »Vielleicht wäre es ganz sinnvoll, wenn wir uns alle mal Marias Sachen ansehen«, versuchte ich es mit derselben Strategie, mit der kurz zuvor Judith gescheitert war, weil mir so spontan auch keine bessere einfiel. »Ich bin sicher, dass sie mehr wusste, als sie uns gesagt hat.«

»Aber mich nennst du einen Leichenfledderer«, grollte Carl. Ich konnte mich gar nicht daran erinnern, ihn so genannt zu haben, beschloss aber, dass die Frage keine Diskussion wert war.

»Ich gehe nicht davon aus, dass sie tot ist«, antwortete ich, wandte mich von ihm und den beiden Frauen ab und griff nach dem Messer, das ich bei meinem Wutanfall in die Tischplatte gerammt hatte. Es steckte so fest in dem Holz, das auch nach all den Jahren noch nicht morsch geworden war, dass ich bei meinen Bemühungen, die Klinge wieder herauszuziehen, einen Augenblick lang befürchtete, die Spitze abzubrechen. Schließlich gelang es mir aber, die Waffe unversehrt wieder an mich zu nehmen. Niemand sagte etwas. In dem engen Zimmer herrschte ein angespanntes Schweigen. Aus den Augenwinkeln registrierte ich, dass Judith und Ellen einander noch immer ein abfälliges, fast herausforderndes Blickduell lieferten. Ein Funke, dachte ich bei mir, und das ganze Pulverfass ging von neuem hoch.

»Hat jemand einen besseren Vorschlag?«, fragte ich so ruhig es mir eben gelang. »Ich mache alles mit, aber wir dürfen uns auf gar keinen Fall trennen. Irgendwie müssen wir die Stunden bis zum Morgengrauen herumbekommen, ohne uns gegenseitig den Schädel einzuschlagen.«

»Was macht dich denn so sicher, dass im Morgengrauen die Rettung naht?«, fragte Ellen abfällig. »Warum sollte sich irgendetwas ändern, nur weil die Sonne scheint?«

»Man wird uns vermissen«, behauptete ich, aber meine Worte klangen selbst in meinen eigenen Ohren nicht besonders glaubwürdig. Zumindest mich würde niemand vermissen, zumindest nicht so schnell. Meine Eltern waren längst tot, Geschwister hatte ich keine und noch nicht einmal eine feste Partnerin, die sich um mich sorgen würde. Ich war bis in meine späte Jugend hinein von hier nach dort abgeschoben worden, und es gab kein Internat, in dem ich länger als zwei oder drei Jahre gelebt hätte. Dadurch hatte ich früh begriffen, dass der einzige Mensch, auf den ich mich definitiv verlassen konnte, ganz allein ich selbst war, denn ich konnte mich schließlich nicht völlig unvorbereitet vielleicht schon am nächsten Tag im Stich lassen, wenn ich wieder einmal spontan die Koffer packen musste. Ich war nie ein kontaktfreudiger Mensch gewesen, zumal ich die Erfahrung gemacht hatte, dass die meisten Freundschaften sowieso keinen Bestand haben und der Mühe nicht wert waren. Ich war ein Einzelgänger, und die wenigen Freunde, die ich besaß, hatten diesen Titel streng genommen überhaupt nicht verdient. Sie waren lediglich bessere Bekannte, mit denen ich ab und an das New Yorker oder Bostoner Nachtleben unsicher machte – je nachdem, in welchen Winkel der Vereinigten Staaten es mich gerade verschlagen hatte. Einige wussten, dass ich für eine kleine Weile nach Deutschland zurückgefahren war und beizeiten als frisch gebackener Multimillionär im Privatjet zurückkehren und mich von einem Chauffeur in einem blütenweißen Cadillac in meine neue Villa fahren lassen würde, wo auch immer ich gerade eine erspähte, die zu kaufen ich Lust hatte. Ich war nicht nur manchmal ein kompletter Vollidiot, sondern konnte auch ein ziemliches Großmaul sein, wenn mich der Hafer stach – und nachdem die Nachricht über die vermeintliche Erbschaft per Telegramm bei mir eingetrudelt war, hatte ich das Großmaul in mir herausgekehrt. »Es wird auffallen, wenn Carl seine Kneipe nicht aufmacht. Und die Dörfler wissen ja wohl, dass du Hausmeister hier oben in diesem alten Kasten bist. Da kommt doch vielleicht mal jemand nachschauen«, versuchte ich eher mir selbst, als den anderen einzureden.

»Wir sind hier in der Eifel, Klugschwätzer«, winkte der Althippie ab. »Hier mischt man sich nicht in die Angelegenheiten der Nachbarn ein. Wenn ich *Die Taube* nicht aufmache, dann ist sie eben zu. Deswegen startet hier keiner eine große Suchaktion. Nach drei oder vier Tagen wird der Dorfbulle mal reinschauen und überprüfen, ob ich im Bett liege und vor mich hin stinke. Aber morgen wird sich ganz bestimmt keiner um mich scheren.«

»Der Catering-Service«, wandte ich ein. Meine Stimme hatte einen bebenden, fast weinerlichen Ton angenommen, für den ich mich in Grund und Boden schämte, den ich aber nicht ganz unterdrücken konnte. »Was ist mit dem Catering-Service, von dem du gesprochen hast.«

Der Wirt zuckte resigniert die Schultern. »Ich habe gesagt, ich *glaube*, dass von Thun ihn bestellt hat«, antwortete er mit Nachdruck. »Aber selbst wenn er es gesagt hat: Von Thun ist ein alter Mann, fast schon ein bisschen senil, wie es manchmal scheint, und –«

»Das hast du nicht gesagt –«, fiel ich ihm mit wütender, in rasender Eile aufflammender Verzweiflung ins Wort, wurde aber sofort wieder von Ellen unterbrochen.

»Du meinst, wir sitzen hier womöglich tagelang fest?«, fragte sie fassungslos. Ihre aufgesetzte Arroganz war schlagartig verflogen. »Das ist nicht dein Ernst!«

»Entschuldige«, näselte der Wirt gekünstelt und verschränkte die Arme vor der Brust. »Ich vergaß, ihr Städter habt natürlich immer Recht. Aber ich lebe hier. Ich kenne meine Leute. Hier oben wird sich so schnell keiner blicken lassen, um nach uns zu suchen.«

»Dann werden wir ein Feuer legen«, entschied sich Judith dafür, Eds hirnrissige Idee wieder aufzugreifen. »Das kann man unten im Dorf sehen, und bald sind dann Rettungskräfte da.«

»Willst du wirklich in dieser Burg gefangen sitzen, während es brennt?« Ich bemühte mich, ein Verdrehen meiner Augen über so viel Dummheit zu unterdrücken, verzieh ihr aber auf der Stelle den dämlichen Einfall in Anbetracht ihrer Verzweiflung, die von mir schließlich genauso Besitz ergriffen hatte. Stattdessen verwünschte ich mich selbst für meine allzu rege Fantasie, die mir ihre Idee, einen Teil der Burg abzufackeln, in den schillerndsten Farben vor meinem inneren Auge vorspielte und mich frösteln ließ. »Burgen wurden gebaut, damit man nicht so leicht hineinkommt. Diese hier liegt wie die meisten auf einem Berg, und es gibt nur einen Zufahrtsweg, der auch noch gründlich blockiert ist. Kannst du mir erklären, wie die Feuerwehr hier hinein soll, wenn das Tor verbarrikadiert ist? Und hast du vielleicht irgendwo einen Hydranten gesehen? Wenn wir die Burg anzünden, dann kann uns das Kopf und Kragen kosten. Sieh dir doch nur mal die Decken hier an! Alles Holz! Und alle Balken knochentrocken! Der Laden wird brennen wie Zunder, und wir sitzen hier oben gefangen und kommen nicht heraus. Lieber stelle ich mich einem wahnsinnigen Killer, als dass ich mir meinen eigenen Scheiterhaufen bastle!«

Carl nickte zustimmend. »Hier ein Feuer zu legen ist eine beschissene Idee«, bestätigte er. »Obendrein gibt es im Ort gar keine Feuerwehr, die muss aus den Nachbardörfern anrücken. Und jeder Liter Löschwasser muss hier auf den Berg gebracht werden. Selbst wenn die Feuerwehr vorbildlich schnell anrückt, wird die Burg schneller abbrennen, als die das Löschwasser heranschaffen können.«

Ellen machte sich an ihrem Handy zu schaffen. Stumm beobachteten wir, wie sie immer wieder Nummern in das kleine Gerät eintippte, und hofften, ihre Miene würde sich unverhofft erhellen und sie würde endlich jemanden am anderen Ende haben, dem sie aufgeregt erzählen könnte, wo sie sich befand, was passiert war, und dass wir verdammt noch mal schnellstmöglich Hilfe brauchten. Aber statt Erleichterung, die es aufhellte, war es schließlich Frustration, die ihr Gesicht überschattete und mit der sie das kleine Gerät endlich zornig auf ihr Bett feuerte.

»Keine Verbindung«, fluchte sie. »Es ist fast, als würde man mutwillig jeden Kontakt zur Außenwelt stören. Ich komme einfach nicht durch. Die Nummer erscheint auf dem Display, und das war's dann auch schon.«

»Das Tal ist ein Funkloch«, erklärte Carl seufzend und mit einem Gesichtsausdruck, als müsse er der Ärztin gerade erklären, warum der Klapperstorch ein Kind bekommt, wenn Bienchen und Blümchen nackig schmusen waren. »Wir haben hier alle Festnetzanschlüsse.«

»Aber wir sitzen doch hier auf einem Berg. Das gibt es doch gar nicht!«, begehrte Judith auf, als habe die Qualität eines Handyempfangs etwas mit der Höhe zu tun, in der man sich befindet.

Der Wirt verzog sein zerschlagenes Gesicht zu einem abfälligen Lächeln. »Das hier ist die Eifel, mein Kind. Hier ticken die Uhren anders. Das Mobilfunknetz hat hier noch beträchtliche Lücken, weil hier nämlich nur wenige Irre mit tragbaren Telefonen herumlaufen.«

»Lassen wir das«, entschied ich, ehe Carl auf seine herablassende Art einen neuerlichen Streit provozieren und Judith sich in ihrer Verzweiflung, die scheinbar einen wesentlichen Teil ihres zweifellos nicht geringen Intellekts außer Betrieb zu setzen vermochte, um Kopf und Kragen reden konnte. »Sehen wir uns lieber erst mal Marias Koffer an. Danach sollten wir sie suchen gehen.«

»Man beachte die Reihenfolge«, unkte der Wirt. »Erst den Koffer anschauen, und dann Maria suchen, die vielleicht gerade in diesem Augenblick von unserem geheimnisvollen Mörder gejagt wird. Aber ein Koffer ist natürlich wichtiger.«

Ganz ruhig, ermahnte ich mich stumm, als ich erneut Lust verspürte, dem dicken Hippie die Schneidezähne kraft meiner Rechten bis in den Rachen zu befördern, damit er endlich davon abließ, Streit zu provozieren und Zwietracht zu säen, wo auch immer sich gerade eine Gelegenheit dazu bot. Ich durfte mich nicht aufregen, denn spätestens seit meiner Attacke auf den Wirt vor wenigen Minuten konnte ich mir lebhaft vorstellen, ihn im Affekt umzubringen. Irgendetwas in diesen düsteren Gemäuern, diese verfluchte, eisige Atmosphäre hier, hatte eine Mordlust in mir geweckt, die mir bis zu diesem Zeitpunkt fremd gewesen war. Natürlich hatte ich auch früher gelegentlich darüber nachgedacht, dass das Leben durchaus schöner sein konnte, wenn bestimmte Leute nicht mehr existierten – die faltige alte Dame von nebenan zum Beispiel, die es sich nicht nehmen ließ, für jede Lappalie die Polizei vor meiner Tür anrücken zu lassen, sei es, weil die Musik zu laut war, oder ich den Frevel begangen hatte, nach zweiundzwanzig Uhr mit Schuhen über die Holzdielen meiner Einzimmerwohnung zu laufen. Oder aber auch meine Freunde von der Müllabfuhr, die den Block, in dem ich wohnte, aus irgendeinem Grunde gefressen hatten und prinzipiell genau unseren Container mit Missachtung straften, sodass ich allmorgendlich an einer übel riechenden, ganz und gar unschönen Halde vorüber musste und die halbe Straße mittlerweile einer verwilderten Deponie glich. Aber ich war mir ziemlich sicher, dass jeder von Zeit zu Zeit solchen nicht ganz ernst gemeinten Gedanken frönte, und es hatte nie ein Grund bestanden, mir ernsthaft Sorgen um die Standhaftigkeit meiner moralischen Werte zu machen. Nun aber war das anders. Ich konnte mir in allen blutigen Details vorstellen, wie ich dem Wirt eines der Messer in den schwabbeligen Bauch rammte, es genüsslich drehte und zufrieden seinen schrillen Schreien lauschte, während mir seine Eingeweide vor die Füße …

Nein! Jetzt ging das schon wieder los! Ich musste mich vor diesen Gedanken hüten, denn sie waren der erste Schritt auf dem verhängnisvollen Weg, Carl wirklich etwas zuleide zu tun.

Ich verließ das Zimmer und hoffte, dass man mir nicht allzu deutlich ansehen konnte, was mich bewegte; schließlich floh ich in diesem Augenblick regelrecht vor mir selbst. Ich wollte mir schleunigst etwas suchen, was mich von den krankhaften Kapriolen meiner Gedanken ablenkte, und konzentrierte mich daher auf das flackernde gelbe Licht der einsamen Glühbirne unter der Decke, die unstete Schatten über den Boden und die Wände huschen ließ, während ich eiligen Schrittes Marias Zimmer ansteuerte. Als ich mein Ziel fast erreicht hatte, verharrte ich plötzlich mitten im Schritt und blinzelte irritiert. Die Tür zu Marias Zimmer stand einen Spalt breit offen. Angestrengt versuchte ich mich daran zu erinnern, ob sie geschlossen gewesen war, als Judith und ich aus dem Duschraum zurückgekehrt waren, hätte es aber nicht beschwören können. Hundertprozentig sicher, dass sie nicht offen stand, war ich mir lediglich zu dem Zeitpunkt, als ich in Schweiß gebadet aus meinem ersten Albtraum erwacht und in die Küche, zu den anderen hinunter gegangen war.

Mein Blick wanderte prüfend den Flur hinab. Alle anderen Türen waren nach wie vor verschlossen. Einen Augenblick lang war ich unsicher, ob ich eine entsprechende Bemerkung machen sollte, entschied mich dann aber dagegen. Wenn noch jemand in Marias Zimmer war, dann taten wir vielleicht gut daran, den Überraschungseffekt auf unserer Seite zu haben. Auf leisen Sohlen schlich ich mich an die Tür heran, versuchte vergeblich, durch den schmalen Spalt einen Blick in den dahinter liegenden Raum zu erhaschen und lauschte angestrengt. Wenigstens hielten die anderen in diesen Sekunden mal die Klappe, dachte ich erleichtert bei mir, aber weil man manchmal nicht erst vom Teufel sprechen musste, sondern es schon reichte, einfach nur an ihn zu denken, damit er einem über den Weg lief, ergriff ausgerechnet Judith in diesem Augenblick das Wort.

»Ist irgendetwas nicht in Ordnung?«, fragte sie irritiert.

Es war wirklich zum Aus-der-Haut-Fahren! Es schien, als hätten wir alle es bewusst darauf abgesehen, einander nach Kräften im Weg zu stehen und mit Wonne auf den Füßen herumzutrampeln. Wenn tatsächlich noch jemand in Marias Zimmer war, dann hatte Judith nahezu zielsicher dafür gesorgt, dass derjenige jetzt gewarnt war. Und wäre die Frage nicht von ihr, sondern von Carl oder Ellen gekommen, dann hätte ich mich vielleicht nicht so sehr um meine Fassung bemüht, wie ich es in diesem Moment tat, sondern wäre vielleicht ausgeklinkt und hätte ihm oder ihr einen hübschen Knoten in die Zunge gedreht. Aber mit Judith wollte ich mich nicht anlegen. Sie war die Einzige hier, der ich vertrauen konnte, die Einzige, die ich gerne hatte und von der ich, auch wenn sie sich von Zeit zu Zeit etwas eigenartig benahm, zu spüren glaubte, dass sie mich auch etwas mehr als nur mochte. Das hatte mir ihr eifersüchtiges Verhalten Ellen gegenüber vorhin noch bekräftigt. Ich hatte leidvoll erfahren, wie unendlich einsam ich mich fühlte, wenn Judith sich von mir abwandte, und ich würde mir eher in den Hintern beißen, als dass ich selbst dafür sorgte, dass sie vielleicht wieder nicht mehr mit mir reden und meine Nähe meiden würde, weil ich irgendetwas gesagt hatte, was sie mir verübelte.

Ich schloss meinen Griff fester um den Schaft des Messers und stieß die Tür mit dem Fuß auf. Das Zimmer war leer, aber mitten im Raum stand Marias großer, aufgeklappter Koffer, in dem zerwühlte Kleider, Bücher und dicke Aktenordner wild durcheinander geworfen waren. Jemand war hier gewesen, raunte eine eindringliche Stimme hinter meiner Stirn. Jemand hat sich an ihren Sachen zu schaffen gemacht, hat vielleicht nach irgendetwas gesucht.

»Eine kleine Schlampe«, startete Ellen hinter mir einen missglückten Versuch, witzig zu klingen. »Hätte ich gar nicht von ihr gedacht, dass sie so unordentlich war. Sie machte doch sonst immer einen so ordentlichen und spießigen Eindruck. Ganz so –«

»Könntest du es dir vielleicht verkneifen, in der Vergangenheitsform von Maria zu reden?«, unterbrach Judith sie energisch.

Ellen schwieg tatsächlich, wenn auch nicht, ohne Judith mit einem herablassenden Lächeln zu bedenken, ehe sie sich wie Carl und ich dem Koffer zuwandte, ohne dass wir aber Anstalten machten, uns zu bücken und darin herumzuwühlen. Niemand von uns traute sich das; stumm bildeten wir einen Halbkreis um das wuchtige Gepäckstück. Es mochte an einem Mindestmaß guter Erziehung liegen, das uns alle im ersten Moment daran hinderte, nach fremdem Eigentum zu greifen und in den vielleicht intimsten Geheimnissen herumzuwühlen, die darin verborgen liegen konnten. Es ging uns nichts an, welche Art von Unterwäsche unsere graue Maus trug, ob sie eher der Tanga- oder der (was ich insgeheim vermutete) Baumwollsliptyp war, ob sie Parfüm benutzte, und wenn ja, welcher Preisklasse, und was sie vielleicht ihrer Brieffreundin in der Schweiz anvertraute. Neben dem, was wir suchten (was genau war das eigentlich?), enthielt ihr Gepäck ganz gewiss auch Antworten auf Fragen, die niemand von uns zu stellen befugt war. Ich ertappte mich bei dem Gedanken, dass Maria jeden Moment zur Tür hineinkommen könnte, vielleicht ungünstigerweise gerade in der Sekunde, in der einer von uns ein paar japanische Liebeskugeln aus dem Wäscheberg gezaubert hatte oder ein Wäschestück in der Hand hielt, das ihr möglicherweise noch unangenehmer war, als mir meine neongelben Boxershorts. Nüchtern betrachtet konnte ich jedoch wohl davon ausgehen, dass nichts dergleichen geschehen würde, weil sie erstens ein zu langweiliger Mensch war, um peinliche Dinge und dergleichen in ihrem Koffer aufzubewahren, und zweitens, weil sie ohnehin nicht hier aufkreuzen würde, da sie nämlich längst tot war, ermordet in einer Blutlache irgendwo in den Irrgängen des Kellers lag, denn warum sonst sollte sie so lange verschwunden bleiben?

Vielleicht, weil sie die Mörderin war, die wir suchten?

Es war Carl, der Moral als Erster Moral sein ließ und sich neben dem Koffer auf die Fersen hockte, um ein graues Taschenbuch von Mitscherlich und Mielke mit dem Titel *Medizin ohne Menschlichkeit* daraus hervorzuziehen. Darunter kam ein weißer, anscheinend nagelneuer Band zum Vorschein, mit einem Cover, auf dem eine halb verbrannte Aktenseite abgebildet war, und der Aufschrift »Blecker und Jachertz, *Medizin im Dritten Reich*«. Eine dritte, zwischen einer anthrazithfarbenen Strumpfhose und einer grau gemusterten Bluse hervorlugende Lektüre musste ich nicht gänzlich sehen, um sie wieder zu erkennen, denn ich hatte den Band schon des Öfteren in einem Buschladen gesehen, ehe ich in die Staaten ausgewandert war: Das Titelbild stellte eine Spritze dar, die bedeutungsvoll in eine handgeschriebene Namensliste gerammt worden war: Scharsachs *Die Ärzte der Nazis*.

»Merkwürdige Auswahl«, murmelte der Wirt und kramte den Scharsach-Band sowie eine ganze Reihe weiterer Bücher hervor.

Ich wunderte mich, wie zutreffend mein Vergleich ihres Koffers mit einem Schrank gewesen war. Zumindest beinhaltete er ein halbes Bücherregal, was meine Verhältnisse betraf, sogar mehr als ein ganzes. Neben Ernst Klees *Deutsche Medizin im Dritten Reich, Karrieren vor und nach 1945* fand sich ein weiterer Band dieses Autors mit dem Titel *Auschwitz, die NS-Medizin und ihre Opfer* sowie *Der Lebensborn e.V.* von Georg Lilienthal und mehr als nur eine Hand voll weiterer, mehr oder weniger umfangreicher Sachbücher und Bildbände. Aus allen Büchern ragten seitlich gelbe, pinkfarbene und neongrüne Klebezettel, die mit Notizen in fast mikroskopisch kleiner, unglaublich sauberer Handschrift versehen waren, die alle aneinander gereiht wahrscheinlich für sich genommen schon einen kompletten Roman abgeben würden.

Endlich überwand auch ich meine Scheu und bückte mich nach einem der Bücher.

Marc Hillel, *Lebensborn e. V.*, verkündete mir das Cover, auf dem ein Mädchenkopf prangte, unter dem ein Schild angebracht war, als sei es als Verbrecherfoto aufgenommen und zu Fahndungszwecken veröffentlicht worden. Ich schlug die Lektüre willkürlich an einer der mit einem grünen Spickzettel markierten Stellen auf. Dort war es mit dem Bild von einem Dutzend Kleinkindern illustriert, die auf einer karierten Decke saßen. Kinder ohne Eltern, die in einem Lebensbornheim gefunden worden waren, wie mir die Bildlegende verriet. Ich blätterte weiter, überflog den Text und erfuhr in einer Mischung aus Fassungslosigkeit und Ekel von Kindern, die aus Polen und Jugoslawien ins Deutsche Reich verschleppt worden waren, weil sie »arischen Typs« gewesen waren, von einem KZ-Häftling, der berichtete, wie er zu einem Einsatz eingeteilt wurde, bei dem es darum ging, mitten im Winter über hundert Säuglinge aus einem Eisenbahnwaggon zu laden. Sie sollten in das Musterheim Steinhöring nach Bayern geschafft werden, wo es allerdings nicht genügend Personal gab, um der Kinderflut aus allen Teilen des zusammenbrechenden Reiches Herr zu werden, sodass die Amerikaner kaum eine Pflegeschwester dort vorfanden, als sie schließlich das Heim besetzten. Ich stieß auf Fotos, auf denen Dutzende von Säuglingen dicht an dicht lagen, mit schmutzigen Windeln und fiebrig tränenden Augen, weinend, schreiend, auf makabere Weise an eine Art Hühnerfarm erinnernd.

Menschenzucht, schoss es mir durch den Kopf, während mein Magen wieder zu rebellieren begann, um auch noch den letzten Rest Galle und Magensäure durch meine Speiseröhre ins Freie zu katapultieren. Da waren Menschen gezüchtet worden, um Himmels Willen! Wie schlecht war diese Welt, in der ich lebte, wie tief die Abgründe, die sich in der Geschichte dieses Landes auftaten? Wie jeder andere hatte ich viel von den Verbrechen des Dritten Reiches gehört, im Abitur ganze Klausuren darüber geschrieben, die aber mehr die Fähigkeit prüften, sich ellenlange Zahlenkolonnen, Daten und Städtenamen einzuprägen, sodass ich zwar einiges am Rande mit Schrecken registriert hatte, mir aber nichts davon wirklich nahe gegangen war – vielleicht schon deshalb, weil mein Geschichtsprofessor damals genügend Rücksicht auf den erholsamen, ruhigen Schlaf seiner Schützlinge genommen und meine Leidensgenossen und mich mit Bildern wie denen, die ich in diesem Moment sah, verschont hatte. Über das Grauen, das diese Bücher vor mir zu vermitteln suchten, von Menschenzucht nach rassistischen Prinzipien, war nie ein einziges Sterbenswörtchen gefallen.

Fast gewaltsam musste ich meinen Blick von dem Buch in meinen Händen lösen, ich verhielt mich dabei wie bei dem berüchtigten Autounfall-Effekt: Das Bild, das sich dem Gaffer bot, war grausam, abstoßend, einfach widerlich, und dennoch musste man hinsehen, vielleicht instinktiv aus der Erfahrung heraus, dass das, was das Auge letztlich auf die Reise Richtung Hirn schickt, den Schrecken dessen, was die Fantasie sich ausmalt, wenn man nicht richtig hingesehen hatte, zumeist nicht erreichte. In diesem Fall war dieser Instinkt aber, auf gut Deutsch gesagt, schlichtweg für den Arsch. So weit hätte meine Vorstellungskraft nicht gereicht.

Auch Ellen und Judith hatten Bücher an sich genommen, während Carl einen weinroten Aktenordner in den Händen hielt. Als der Wirt bemerkte, dass ich ihn beobachtete, hielt er mir den Hefter hin und begann weiter in Marias Koffer zu wühlen. Ich schlug die Mappe auf und blätterte sie flüchtig durch. Mir saß deutlich die Angst im Nacken, dass ich auf noch tragischere, noch unmenschlichere Schicksale treffen könnte. In Klarsichtfolien waren sorgsam einzelne Fotos eingeschoben, die blonde Knaben in Hitlerjugenduniformen zeigten, die hinter Papierwimpeln hermarschierten.

»Erinnert mich doch glatt an was.« Carl warf mir ein gehässiges Grinsen über die Schulter hinweg zu. »Diese netten Pfadfinderfotos aus den Fünfzigern. Blonde scheinen besonders anfällig für diesen Quatsch zu sein.«

Ich spürte, wie sich mein Magen ein weiteres Mal binnen kürzester Zeit schmerzhaft zusammenzog und schmeckte wieder bittere Galle auf der Zunge. Meine konternden Worte blieben mir als würgender Kloß im Hals stecken, sodass ich sie nicht mehr auszusprechen in der Lage war. Ich war nie ein Pfadfinder gewesen, begehrte ich innerlich auf. Ich war ein Wehrdienstverweigerer, hatte mich erfolgreich um meine alberne und, wie ich fand, von der Zeit längst überholte Pflicht, meinem Vaterland zu dienen, geschickt gedrückt. Keine Lüge, keine Ausrede hatte ich gescheut, um mich nicht nur von ihr, sondern auch gleich noch vom Zivildienst freisprechen zu lassen. Ich hatte zu diesem Zwecke gelernt, perfekt die absurdesten Krankheiten zu simulieren, denn ich hätte mich nie im Leben dazu herabgelassen, mit ein paar hundert stupiden, kahl geschorenen erwachsenen Spielkindern in Reih und

Glied zu marschieren und Gefahr zu laufen, über viele Monate hinweg eingepfercht in einer Kaserne aus lauter Verzweiflung ans andere Ufer zu wechseln. So etwas war nie mein Ding gewesen, blond und blauäugig hin oder her!

Ich legte den Ordner beiseite und zog eine andere, diesmal eine blaue Akte aus dem Koffer hervor, die halb unter einem Satz Unterwäsche verborgen lag (Baumwollschlüpfer, ich hatte richtig geraten). *Menschenversuche*, stand in Marias ordentlicher Handschrift auf dem Aktendeckel. Ich hätte den Ordner am liebsten gleich wieder in den Koffer zurückfallen lassen, als ich dieses Wort las und die Abbildungen aus dem Lebensborn-Bildband wieder vor meinem inneren Auge aufflimmerte. Doch das hätte bedeutet, mich erneut Carls lauernden Blicken und sicher auch einer seiner weiteren unfairen Bemerkungen auszusetzen. Ich verstand nicht, warum ich mich Carl auf einmal so ausgeliefert fühlte, so verwundbar, warum ich nicht Partei für mich ergriff, obwohl mir doch das schlichte, aber unwiderlegbare Argument auf der Zunge lag, dass ich mir die Genketten, die für meine Haut-, Haar- und Augenfarbe zuständig waren, nicht selbst ausgesucht, mir mein Erbgut nicht online im Biotechnik-Großhandel bestellt hatte. Es war nicht meine Schuld, dass ich dem Musterbild eines Ariers entsprach, und außerdem war es auch kein Verbrechen. Aber das, was ich gerade gesehen und gelesen hatte, verschlug mir buchstäblich die Sprache, rüttelte eine ungerechtfertigte Scham darüber in mir wach, dass ich mit großer Wahrscheinlichkeit über ein paar Dutzend Ecken mit irgendeinem dieser kranken Hirne blutsverwandt war, die in ihrem stumpfen Idealismus an den grauenhaften Taten des Zweiten Weltkrieges Anteil hatten, vielleicht sogar an den perversen Projekten, die man in diesen angeblichen Musterheimen für elternlose, zu einem offenbar nicht unerheblichen Teil schlichtweg gestohlenen, unschuldigen Kindern realisieren wollte.

Es gab Kopien von Dokumenten in der Akte, auf denen der Reichsadler mit Hakenkreuz und SS-Runen prangte. Formblätter, auf denen das Grauen verwaltet wurde. Sie erinnerten mich stark an die Papiere, die wir im Keller gefunden hatten. Mein Blick blieb an einem Namen hängen: Ein Siegfried Krefft bedankte sich förmlich in einem mit Wasserzeichen und Stempel versehenen Schreiben bei seinem Doktorvater Professor Doktor Schrader für die Bereitstellung des *nötigen Untersuchungsmaterials* für seine Dissertation mit dem Titel: *Über die Genese der Halsmuskelblutung beim Tod durch Erhängen*. Angewidert blätterte ich weiter, aber meine Hoffnung, auf etwas Appetitlicheres zu stoßen, wurde bitter enttäuscht. Stattdessen erfuhr ich auf der nächsten Seite detailliert, wie mit Hilfe eines Flaschenzuges unter wissenschaftlicher Aufsicht Hinrichtungen durchgeführt wurden. Ich schlug den Ordner zu und schmetterte ihn in den Koffer zurück.

»Schockiert?«, fragte Carl in provokantem Tonfall und legte den Aktenordner, den er gerade in der Hand hielt, beiseite. Vermutlich hatte er mich die ganze Zeit über aus den Augenwinkeln beobachtet. »Die gute Maria hat ja richtig tief im Dreck gewühlt. Schau mal, was unser Doc Entzückendes liest.« Er deutete auf die gelbe, schwarz beschriftete Akte, die Ellen in den Händen hielt, mit dem Titel

»Die Erfassung der Unter- und Überwertigen im Hirnbau.«

»Was ... ist denn das?«, fragte ich erschrocken. Auch Judith ließ ihre Lektüre sinken und wandte sich Ellen zu, wobei sich ein verstörter Ausdruck auf ihrem deutlich erbleichten Gesicht ausbreitete.

»Das ist ... Ich habe keine Worte«, antwortete Ellen mit einem hilflosen Kopfschütteln. Anscheinend bewegte sich das, was sie las, selbst für eine abgebrühte Chirurgin am Rande des Erträglichen. »Ich meine, ich habe in der Schule darüber gehört, aber das hier ...« Sie biss sich angeekelt auf die Unterlippe und suchte nach den richtigen Worten. »Hier sind Kopien von Originalakten«, sagte sie schließlich. »Maria hat dort mit einem Textmarker Stellen unterstrichen. Ich hatte von den Morden und den Gräueltaten gehört, aber die Akten dazu in den Händen zu halten, das ist was völlig anderes ... Hier ... Ich lese einfach mal einen Abschnitt vor, den Maria unterstrichen hat: *28. und 29. Oktober 1940, Vergasung von Kindern in der Vergasungsanstalt Brandenburg*«, zitierte sie. »*Leichen seziert und zur wissenschaftlichen Auswertung mitgenommen.*«

Sie blickte von dem Ordner auf und zwischen Judith und mir ins Leere. Anscheinend musste sie erst ein wenig Kraft sammeln, ehe sie sich wieder dem Ordner zuwenden und weiterreden konnte, und es tat mir fast sogar ein bisschen Leid, dass ausgerechnet Ellen auf diese Mappe gestoßen war. Was uns erschreckte und schockierte, musste in ihr ungleich mehr Betroffenheit wecken, weil sie als Ärztin viel besser, viel zu gut verstand, worum es in diesem Papier im Einzelnen ging.

»Maria hat hier einen Notizzettel eingeklebt«, fuhr sie nach ein paar Augenblicken fort, wobei sie sich nervös das nasse Haar aus dem Gesucht wischte. »*Verwicklung des Kaiser-Wilhelm-Instituts für Hirnforschung? PP = Projekt Prometheus? Neue Menschen schaffen? Lebensborn??*«, las sie kopfschüttelnd vor. »Dieses PP findet sich immer wieder in den Akten, aber über ein Projekt Prometheus habe ich nichts gefunden.«

»Vielleicht war sie einer Sache auf der Spur, die noch gar nicht in den Geschichtsbüchern steht.« Mir fiel auf, dass Judith nun selbst in der Vergangenheitsform über Maria sprach, obgleich sie Ellen genau das noch vor wenigen Minuten verübelt hatte, aber ich sagte nichts. Mir gingen andere, wesentlich schlimmere Dinge durch den Kopf. Judith hob das Buch, in dem sie zuletzt gelesen hatte. »Hier stehen Sachen drinnen ...« Sie schluckte hörbar. »Der SS-Arzt Mengele hat seine Untersuchungsergebnisse an das Kaiser-Wilhelm-Institut weitergeleitet, von dem Maria geschrieben hat, und auch an die Deutsche Forschungsgesellschaft. Hier ist die Rede davon, wie er Kindern Methylenblau und andere Substanzen in die Iris spritzt, um ihre Augen blau zu färben, oder wie er bei Zwillingen Organe und Gliedmaßen explantiert und wieder implantiert, um zu sehen, ob es Abstoßungsreaktionen gibt.«

»Diese Maria war ... ist doch pervers.« Mittlerweile hatte auch Carl zu viel gehört und gesehen, um seinen Schrecken mit einer seiner flapsigen, saudummen Bemerkungen zu überspielen. Auch er hatte spätestens bei Judiths Worten deutlich an Farbe eingebüßt. »Ich meine, warum wühlt man sich in so was ein?«, fragte er hilflos. »Sicher, das ist alles schlimm, aber es ist doch längst vorbei, diese Verbrecher sind alle schon lange tot. Was sind das für Leute, die sich an diesen Untaten aufgeilen?«

»Vielleicht Leute, die verhindern wollen, dass so etwas noch einmal passiert«, nahm ich die Graue Maus in Schutz. Ich mochte sie nicht, aber im Gegensatz zu dem Wirt hielt ich sie auch nicht für eine Perverse, die sich aus ähnlichen Beweggründen heraus durch derlei Bücher fraß, wie andere Menschen durch den Playboy oder die Praline blätterten. »Ich finde nicht, dass man den Mantel des Schweigens darüber ausbreiten darf.«

»Warum nicht?«, fragte Carl geradeheraus. »Weil alle Deutschen sich dafür bis in alle Ewigkeit schuldig fühlen müssen?« Er schüttelte ablehnend den Kopf.

»Weil sich die Menschheit daran erinnern muss, wozu Menschen fähig sind«, entgegnete ich.

»Das ist doch verlogener Quatsch!«, fuhr der Wirt auf. »Heute wird mit dem Holocaust und den Nazi-Verbrechen Geld verdient. Wöchentlich wird wohl dosierter Horror in Dokumentationen über das Dritte Reich im Fernsehen gesendet und dauernd erscheinen neue Bücher. Das ist doch schon eine eigene kleine Industrie, in der Geld gescheffelt wird mit den Verbrechen der Nazis und mit dem Sich-Suhlen-in-Betroffenheit! Findest du etwa, dass das der richtige Umgang mit den Verbrechen des Dritten Reichs ist? Kann man das moralisch verantworten, dass mit dem Elend der Opfer Geld verdient wird? Denk mal darüber nach, dann wirst du merken, wie verlogen das ganze Tamtam um das Dritte Reich ist!«

Mir war eher nach Ausholen und Zuschlagen, als

nach Nachdenken, während der Wirt seine dümmliche, routiniert heruntergespulte, nahezu auswendig gelernt klingende Argumentation hervorbrachte, aber ich riss mich auch jetzt wieder zusammen. Ich hatte keine Lust, mich noch einmal auf sein Niveau zu begeben und letzten Endes vielleicht Gefahr zu laufen, hinterher nicht anders auszusehen als er – sein Auge hatte mittlerweile einen tiefblauen, annähernd schwarzen Farbton angenommen –, wenn er auf die Idee kam, sich gegen meinen Angriff zur Wehr zu setzen. Darüber hinaus war ich innerlich noch viel zu sehr damit beschäftigt, meine lebhafte Vorstellung von den Gräueln, von denen ich in den vergangenen Minuten gehört und gelesen hatte, zu bekämpfen. Kanülen, die in schreckensweite, dunkle Kinderaugen gestoßen wurden, woraufhin diese sich wahrscheinlich nicht blau, sondern blutrot gefärbt hatten, durch die sterilen Gänge eines Labors hallende, grauenhafte Kinderschreie, aus denen unsagbarer Schmerz und pure Todesangst klang ... So etwas konnte, durfte es einfach nie gegeben haben! Fast neigte ich dazu, mich der primitiven Meinung des Wirtes anzuschließen, um meine auch im Erwachsenenalter noch durchaus verletzliche Seele vor den grauenhaften Bildern meiner Fantasie zu schützen, aber mein kritischer Verstand ließ mich an meinem Standpunkt festhalten.

»So betroffen mich das alles macht, ist mir meine eigene Haut doch wichtiger als die von Leuten, die vor fast sechzig Jahren ermordet wurden«, lenkte Judith ab. »Statt hier moralische Diskussionen zu führen, könntet ihr vielleicht netterweise mal darüber nachdenken, was das alles mit dieser Burg hier zu tun hat. Ich meine, das würde uns vielleicht wirklich weiterhelfen. Vielleicht steht ja auch hier drin, was das alles mit uns zu tun hat? Wir müssen uns nur in Maria hineindenken …«

»Was das mit der Burg zu tun hat, kann ich euch sagen.« Carl erhob sich, stemmte die Fäuste in die Hüften und blickte uns der Reihe nach herausfordernd an. Es störte mich immer mehr, wie der Althippie nach und nach wieder Oberwasser gewann und tat, als hätte er längst vergessen, dass jeder von uns ihn auf der Stelle in seine Bestandteile zerlegen würde, sobald er etwas Unbedachtes tat. Er war jahrelang Hausmeister in diesem Kasten gewesen und würde uns ganz bestimmt nicht die Wahrheit darüber erzählen, schon gar nicht, wenn er dadurch Gefahr lief, seinen verdammten Nazi-Schatz teilen oder gar an den Staat herausrücken zu müssen. »Gar nichts hat das mit Crailsfelden zu tun«, behauptete Carl mit fester Stimme. »Absolut nichts! Hier hat es nie ein Konzentrationslager oder auch nur irgendein Krankenhaus gegeben, in dem man Menschenversuche hätte unternehmen können. Maria hat sich da in irgendwas verrannt. Ihr habt doch selbst erlebt, was sie für eine Fanatikerin sein konnte. Sie hat Ed mit dem Tod bedroht, nur weil er der Enkel von irgendeinem SS-Heini war!«

»Und der Keller«, wandte Judith ein, ehe ich eine entsprechende Bemerkung machen konnte. »Die ganzen Dokumente, die Labors und die vermauerten Gänge …?«

»Das liegt doch alles auf der Hand!«, sprudelte Carl hervor, aber die Eile, mit der er sprach, legte mir nahe, ihm noch weniger zu glauben, als ich mir ohnehin vorgenommen hatte. Mir kam es vor, als hätte er sich das, was er sagte, schon Jahre zuvor zurechtgelegt. »Die haben einen Schatz hierher gebracht«, behauptete der Wirt. »Die Strategie dahinter ist ebenso einfach, wie genial: Es war ganz klar, dass die Alliierten das Tal hier überrollen würden, und auch, dass von den Leuten hier kein großer Widerstand käme. Hier gab es nie etwas, also würde man hier auch nach nichts suchen. Wo hätte das Nazi-Gold sicherer sein können, als in den Katakomben einer bedeutungslosen Burg? Wer hätte hier schon suchen wollen? In den bayerischen Seen hat man gesucht, und in Bergwerken in Thüringen. Aber hier …?« Er schüttelte den Kopf. »Die Militäranlagen mit ihren Tunnelsystemen hat man untersucht und zum Teil sogar zu NATO-Stützpunkten gemacht. Aber ein Müttergenesungsheim und eine Schule – dafür interessierte sich niemand. Und die Lkw-Kolonne damals, die kam bei Nacht und Nebel hier an und ist genauso unauffällig wieder verschwunden. Vielleicht sind die Männer alle tot, die bei diesen Transporten dabei waren. Die SS hat auch in den letzten Kriegstagen noch Hinrichtungen vorgenommen, und wen kümmerte im Chaos des Untergangs des Tausendjährigen Reiches schon der Tod von ein paar Dutzend Soldaten? Wisst ihr eigentlich, was für immense Schätze im Krieg spurlos verschwunden sind? Tonnenweise Gold, kostbare Gemälde, das Bernsteinzimmer … Auch das Zahngold aus den Konzentrationslagern wurde nicht vollständig gefunden. Unter unseren Füßen kann alles Mögliche liegen. Wir sitzen hier auf einem riesigen Schatz! Und genau das ist auch der Grund für die Morde! Der Killer weiß von diesem Schatz, und er will euch, die Erben, aus dem Weg räumen. Deshalb wurde Ed in der Küche umgebracht, aber ich wurde verschont.«

Ich fühlte mich regelrecht überrannt vom Redeschwall des Wirtes, doch ich war standhaft genug, hinter der scheinbaren Plausibilität dessen, was er uns weismachen wollte, den Zweck seiner Geschichte zu erkennen. Dazu reichte mir schon das Bewusstsein, dass er es geschafft hatte, geschickt von Judiths eigentlicher Frage abzulenken, die auch die meine gewesen war. Ich würde sie allerdings nicht wiederholen. Carl wollte nicht darauf eingehen, also würde er es nicht freiwillig tun, und ich wollte nicht wieder Gewalt anwenden und Gefahr laufen, meine Gefangenschaft in dieser Burg letztendlich gegen eine Zelle im Knast der nächstbesten Großstadt einzutauschen, weil ich selbst einen Mord auf dem Gewissen hatte. Dennoch waren wir durch Carls Erklärungen vielleicht zumindest ein bisschen näher an die Wahrheit über diese verfluchte Festung herangekommen. Und immerhin kannte sich wahrscheinlich niemand besser hier aus, als der dicke Wirt, und er hatte schließlich schon von Anfang an von diesem sagenumwobenen Nazi-Schatz gefaselt.

»Wenn niemand davon weiß, dann kann es aber auch keinen wahnsinnigen Mörder geben«, wandte ich schließlich ein.

»Das ist jemand, der eins und eins zusammenzählen kann wie ich und ein bisschen über die Geschichte der Burg Bescheid weiß«, behauptete Carl. »Vielleicht kommt der Mörder ja aus dem Dorf.«

»Das passt alles nicht richtig zusammen«, widersprach Judith. »Ihr vergesst die Fotos, die wir gefunden haben. Dieser Doktor Sänger, der mit Eds Vater, diesem SS-Mann, auf einem Bild war. Die haben doch beide mit der Burg zu tun gehabt, und sie haben beide den Krieg überlebt. Vielleicht war die Sache mit der Schule nur eine Tarnung, um in den Besitz der Burg zu gelangen und dann heimlich den Schatz zu bergen, aber dann hätten sie doch Jahrzehnte dazu Zeit gehabt, alles hier herauszuholen.«

»Nein.« Carl schüttelte entschieden den Kopf. »Wenn es sich um Kunstschätze handelte, dann wäre die Ware viel zu heiß gewesen. So etwas kann man nicht einfach verkaufen. Da muss man abwarten.«

»Unsinn!«, entfuhr es Judith. »Es gibt einen riesigen, illegalen Kunstmarkt. Wenn ein berühmtes Gemälde in einer Privatsammlung verschwindet, wer bekommt das schon mit? Und wenn es hier nur Goldbarren und Zahngold gab, dann war es erst recht kein Problem, die Werte verschwinden zu lassen. Im Zweifelsfall hätte man das Gold sogar einfach einschmelzen und zu neuen Barren gießen können, um die Reichsadler auf den Nazigoldbarren verschwinden zu lassen. Du rennst hier einer Illusion nach, Carl. Das hier ist kein Piratenfilm, es ist die Wirklichkeit!«

»Sie ist der Spur der Kinder gefolgt«, flüsterte Ellen unvermittelt. Statt sich an der Diskussion zu beteiligen, hatte sie sich die ganze Zeit über intensiv mit den Akten und Büchern beschäftigt. »Wenn man sich die Stellen ansieht, die sie angestrichen hat, dann geht es meistens um Kinder«, erklärte sie etwas lauter und direkt an uns gewandt. »Die Stelle, die ich euch vorgelesen habe – es ging um vergaste Kinder, deren Leichen seziert wurden. Um die Versuche an Kindern in den Konzentrationslagern … Und dann die Sache mit dem Lebensborn, mit den hundert verschleppten Kindern. Seht ihr den roten

Faden denn nicht? Schließlich die Geschichte der Burg; sie war ein Müttererholungsheim und eine Schule. Es geht also immer weiter um Kinder.«

»Vielleicht kann sie ja keine eigenen kriegen und ist deshalb ein wenig auf Kinder fixiert«, höhnte Carl, der für sich wieder die Zeit für einen möglichst unpassenden Spruch gekommen sah, der gleich noch denkbar weit unter die Gürtellinie ging.

Die rothaarige Ärztin taxierte ihn kühl. »Der Wirt als Laienpsychologe. Man stößt in heruntergekommenen Dorfschenken am Arsch der Welt doch immer wieder auf Genies«, spottete sie und hielt ihm ein aufgeschlagenes Buch hin, in dem ein Textblock mit neongelbem Marker umrandet war. »Man muss nur ein bisschen blättern. Fast alle Textpassagen, die markiert sind, haben etwas mit Kindern zu tun. Vielleicht solltest du erwägen, dass du ein wenig zu sehr auf deinen sagenhaften Schatz fixiert bist. Hat das etwas damit zu tun, dass du nicht in der Lage bist, Geld zu scheißen?«

»Du glaubst doch nicht ernsthaft, die hätten während des Krieges ganze Lastwagenladungen voller Kinder hierher verfrachtet, oder?« Carl rollte mit den Augen und erinnerte so ein bisschen an Stephen Kings *»Es«*. »Aber natürlich«, sagte er in ironischem Tonfall. »Sie haben sie wahrscheinlich in den Kellergewölben versteckt, und dort warten jetzt lauter kleine Superarier darauf, dass sich ihr Führer wie Phoenix aus der Asche erhebt und ein neues Zeitalter einläutet. Tolle Idee. Ich bin wirklich beeindruckt.«

»Ich weiß nicht, was auf den Lastwagen war«, antwortete Ellen unbeirrt und wischte sich nervös eine Haarsträhne aus der Stirn, »aber Maria hat nach etwas im Zusammenhang mit Kindern gesucht, da bin ich mir ganz sicher.«

»Und weil Frau Doktor sicher ist, ist es die Wahrheit. Das kann ich nachvollziehen«, gab Carl spöttisch zurück.

»Also mich überzeugt diese These mehr, als dein Gefasel von den Nazi-Schätzen.« Überrascht nahm ich zur Kenntnis, dass Judith sich auf Ellens Seite schlug, korrigierte mich dann aber dahingehend, dass ihre Aussage wohl weniger etwas damit zu tun hatte, dass sie für Ellen Partei ergriff, deren Unverschämtheiten ihr gegenüber eigentlich nur unwesentlich harmloser ausgefallen waren als Carls vulgäres Geschimpfe. Es lag eher daran, dass die Ärztin tatsächlich die überzeugendere Theorie vorgebracht hatte.

»Wir müssen der Spur der Kinder folgen«, murmelte Ellen vor sich hin, ganz in ihre Gedanken vertieft. So, wie es schien, würde sie es zu meiner Befriedigung schaffen, Carl und sein Gerede völlig auszublenden. Ich beneidete sie um ihre Fähigkeit, Gespräche und Diskussionen gekonnt in die Richtung zu lenken, in der sie wollte, dass sie verliefen. Ich hingegen war großartig darin, mit dem, was ich sagte, nur zu oft das Gegenteil dessen zu erreichen, worauf ich abgezielt hatte.

»Schauen wir uns doch lieber an, was es sonst noch so im Koffer gibt«, versuchte der Wirt es plötzlich wieder auf die ganz unterwürfige Art. Er war und blieb ein widerlicher Schleimer, der sich, wo auch immer er auf Widerstand stieß, in einen glitschigen Aal verwandelte. Ohne eine Antwort abzuwarten, begann er wieder damit, in Marias Kleidern herumzuwühlen, zog einen einzelnen, langen Nylonstrumpf aus dem Chaos und stieß einen anerkennenden Pfiff aus. »Das hätte ich unserer grauen Maus überhaupt nicht zugetraut«, säuselte er und zog den Strumpf mit einer obszönen Geste unter seiner dicken Nase entlang, an der noch immer verkrustetes Blut zwischen den aus den Nasenlöchern ragenden, schwarzgrauen Härchen klebte. »Auch noch parfümiert«, stellte er grinsend fest. »Ich wüsste ja zu gerne, was hier oben zwischen Ed und ihr gelaufen ist.«

Judith machte einen Satz auf ihn zu, riss ihm mit einer energischen Bewegung den feinen Nylonstoff aus der Hand und warf ihn in den Koffer zurück. »Das reicht!«, fluchte sie. »Lass die Finger von ihren Sachen!«

»Ach?«, machte der Wirt verächtlich. »Gibt es da vielleicht etwas, das ich nicht finden soll? Steckt ihr beide am Ende vielleicht sogar unter einer Decke?«

»Es reicht, Carl.« Ich machte einen drohenden Schritt auf den Wirt zu und hoffte, dass er mir den Respekt, den ich allein vor seiner bulligen Statur hatte, nicht ansah, sondern dass ich ihn wenigstens ein kleines bisschen einschüchtern konnte. Tatsächlich wich Carl ein Stück vor mir zurück, und daran tat er wirklich gut, denn, Respekt hin oder her, ich hätte keine Sekunde gezögert, ihm ein weiteres Mal die Fresse zu polieren, sollte er noch einmal auf die Idee kommen, meinen persönlichen Schützling Judith auch nur verbal zu attackieren. »Sieh du die Sachen durch, Judith«, forderte ich sie auf.

Judith nickte stumm und schob diskret ein paar Kleidungsstücke beiseite, aber es war offensichtlich, dass sich zwischen den zerwühlten Klamotten keine weiteren Bücher oder Akten mehr befanden, und somit auch nichts, was irgendjemanden von uns etwas angegangen wäre.

»Was genau ist hier am Ende des Krieges eigentlich passiert, Carl?«, fragte Ellen in ruhigem, sachlichem Tonfall. »Was waren das für Lastwagen, von denen du erzählt hast? Gibt es noch Gräber aus der Kriegszeit auf dem Dorffriedhof?«

Ich schüttelte verständnislos den Kopf und blickte die Ärztin mit offen stehendem Mund an. Ich konnte nicht begreifen, dass sie die primitiven Spielchen, die Carl nur zu offen mit uns spielte, noch immer nicht durchschaute – der aufgeschwemmte Kerl log doch, sobald er den Mund aufmachte! Vielleicht aber war auch ich derjenige, der Tomaten auf den Augen hatte und deshalb, gerade umgekehrt, das Spiel nicht begriff, das die Ärztin mit ihm und auch Judith und mir spielte. Verdammt, wer wusste das schon!

Der Wirt kratzte sich einen Augenblick lang scheinbar nachdenklich am Kinn. Eine Eins für Schauspielkunst, dachte ich bei mir. Hätte er uns nicht schon ein paar Dutzend Male zuvor das Blaue vom Himmel heruntergelogen, hätte ich ihm vielleicht tatsächlich abgenommen, dass er ernsthaft über Ellens Frage nachdachte. Wer verarschte hier eigentlich wen?

»Also, Gräber gibt es keine, soweit ich mich erinnere«, antwortete der Wirt schließlich gedehnt. »Ich habe nie welche gesehen und weiß das natürlich auch nur aus Erzählungen. Wir hatten hier im Tal immer den tiefsten Frieden. Manchmal konnte man nachts das Brummen der Bomber hören, aber hier gab es keine Luftangriffe, keine Flak und keine Scheinwerfer. Hier war nichts. Und deshalb gab es eben keine Luftangriffe. Die Wehrmacht hat auch nicht versucht, Crailsfelden zu verteidigen, als die Alliierten hier Anfang 45 einfach durchmarschiert sind.« Er runzelte gekünstelt die Stirn. »Allerdings gab es Geschichten darüber, dass beim Bau der unterirdischen Anlagen ein paar Arbeiter umgekommen sind. Die hat man aber nicht auf dem Dorffriedhof beigesetzt. Die Nazis werden sie wohl irgendwo hier am Burgberg verscharrt haben – um Zwangsarbeiter hat man damals kein großes Aufhebens gemacht.«

»Und was ist mit den Lastwagen, von denen du erzählt hast«, hakte Ellen nach. Ich spürte, dass sie sich um die Ruhe, mit der sie sprach, bemühen musste.

Carl starrte zur Tür, als fürchtete er, wir könnten belauscht werden. Obwohl es beileibe keinen Grund dazu gab, senkte er seine Stimme zu einem Flüstern, als er weitersprach, und setzte damit seinem theatralischen Auftritt noch die Krone auf, der es eigentlich gar nicht mehr bedurft hätte, um sich selbst denkbar unglaubwürdig zu machen.

»Nicht lange, bevor die Alliierten gekommen sind, kamen jede Menge Lastwagen der Wehrmacht aus dem Osten«, behauptete er. »Die waren voll beladen! Mein Vater hat sie mit eigenen Augen gesehen. Irgendetwas haben die Nazis hier auf die Burg geschafft, selbst als die Amis schon ganz in der Nähe waren. Und auf der Kuhweide vom ollen Grüters ist ein Fieseler Storch gelandet – der Pilot muss wirklich Nerven gehabt haben! Der ist auf einer Wiese am Hang gelandet. Angeblich hat dort eine Limousine gewartet, so ein fetter Citroën. Grüters hat dann beobachtet, wie eine Kiste aus dem Flugzeug geladen wurde, und dann ist der Storch mit zwei von den Herren Doktoren oben aus der Burg abgeflogen.«

»Und was war deiner Meinung nach in der Kiste?«, fragte Ellen, die nach dem kleinen Vortrag von Anekdoten aus dritter Hand, die Carl vermutlich in seiner Dorfschenke gesammelt hatte, einen genervten Unterton nun auch nicht mehr gänzlich unterdrücken konnte.

Carl grinste breit. »Bestimmt nicht Hitlers Tagebücher«, antwortete er, wurde aber dann wieder ernster. »Die haben doch schon 44 nicht mehr an Wunderwaffen und den Endsieg geglaubt. Wer die Möglichkeit dazu hatte, hat zugesehen, dass er seine Schäfchen schnell noch ins Trockene bringt.«

»Du willst mir doch nicht erzählen, dass die Bauern nach dem Krieg nicht hier herauf gekommen sind, um mal nachzusehen, ob es noch was zu holen gibt«, seufzte Ellen.

»Du hast ja keine Ahnung!«, fuhr sie der Wirt an. »Natürlich waren die Bauern hier oben, und mein Vater mit ihnen. Aber hier war alles vermauert im Keller. Die haben also ein paar Möbel mitgenommen, Feldtelefone und so einen Kram, eigentlich alles, was nicht niet- und nagelfest war. Aber schon Anfang 46 hat Professor Sänger die Burg gekauft. Es hat ein paar Jahre gedauert, bis er sein Internat aufgemacht hat, aber die Burg war nicht mehr verlassen.«

»Und die letzten Jahre?«, hakte die Ärztin nach. »Du glaubst doch selber nicht, dass sich im Dorf niemand mehr an die alten Geschichten über die Nazi-Schätze erinnert hat.«

»Klar hat man sich erinnert«, grinste der Wirt und

plusterte sich stolz auf wie ein Pfau auf der Balz, der seine schillernden Federn demonstriert. Hätte er Schwanzfedern gehabt, hätte er sie mit Sicherheit zu einem Rad entfaltet. »Aber die Burg war immer noch nicht leer. Es war mein Job, darauf zu achten, dass sich hier oben niemand herumtreibt, um zu schnüffeln, wenn der alte Sänger mal außer Haus war«, berichtete er fröhlich. »Den Enkel von Grüters habe ich einmal hier oben erwischt. Ich sag dir, dem hat Sänger vielleicht die Hölle heiß gemacht! Der hat seinen Hof verloren – war sowieso völlig überschuldet ... Danach gab es keinen mehr, der sich hier heraufgetraut hätte.«

»Das war alles?«, fragte Ellen misstrauisch.

»Alles, was ich weiß.« Der Wirt legte in einer großen Geste die rechte Hand aufs Herz. »Ich schwöre es.«

»Und was ist aus den Kindern geworden, die hier auf Burg Crailsfelden gelebt haben?«, hakte Ellen nach.

Der Althippie bedachte sie mit einem gespielt mitleidigen Blick. »Das geht dir wohl nicht aus dem Kopf«, seufzte er. »Keine Ahnung, was mit denen ist. Das Kurhaus für junge Mütter und das Kinderheim sind geschlossen worden, das war's.«

»Ich muss nur immer wieder an das Foto von Richard Krause, Eds SS-Großvater, und Professor Klaus Sänger denken«, grübelte die Ärztin, und ich hatte einmal mehr den Eindruck, dass sie zu Selbstgesprächen neigte. »Ein Wissenschaftler und ein Kinderdieb und Mörder ... Was hat die beiden zusammengebracht, und was haben sie hier getan, in einem Heim für junge Mütter?«

»Kennst du nicht die Geschichten über den Lebensborn?« Carls teilnahmsvolles Lächeln wandelte sich zu dem feisten Grinsen, das ich fast noch mehr an ihm hasste, als die Speckschwarten an seinem faltigen Hintern. »Es gibt Leute, die behaupten, diese Mütterheime seien Führerbordelle gewesen. Angeblich hat man dort willige arische Frauen mit ausgewählten SS-Männern zusammengebracht. Vielleicht waren Krause und Sänger auf Urlaub hier? Eine ganz besondere Feier eben ...«

Meine Eingeweide zogen sich in einem plötzlichen Krampf zusammen. Ich wollte auffahren, die ganze Diskussion unterbrechen, ehe einer von uns ein paar noch obszönere, abartigere Theorien auffahren konnte, aber dann fielen mir die besonderen Begleitumstände unserer Erbschaft ein, und ich musste wohl oder übel in Betracht ziehen, dass Carls These gar nicht so weit hergeholt sein könnte, wie es zunächst den Anschein machte. Auch wir waren geradewegs verkuppelt worden. Man musste nicht im Lacklederminirock unter einer Laterne stehen, um sich zu prostituieren, und keiner von uns konnte reinen Gewissens behaupten, dass der Köder von ein paar Millionen Euro nicht wenigstens einen kleinen Teil dazu beigetragen hatte, dass die Schranken so schnell weggefallen waren, nicht einmal ich. Und wenn man den Faden weiter verfolgte, dann gelangte man über kurz oder lang zu dem Schluss, dass wir alle von Natur aus blond und blauäugig waren, dass niemand von uns einen offensichtlichen körperlichen Makel aufwies (aufgewiesen hatte, als wir hierher gekommen waren, verbesserte ich meinen Gedanken mit einem Blick auf die zerschundenen Gesichter von Judith und Carl), und dass jeder von uns insgesamt dem arischen Ideal entsprach. Prostitution und Menschenzucht ... Mein Blick suchte verunsichert den Judiths. Auch sie wirkte beklommen und zog ihre Jacke ein wenig enger zu, als würde sie plötzlich frieren. Ob sie dasselbe dachte, wie ich?

»Sänger war hier mehr als nur ein Gast«, widersprach Ellen und hielt uns eine weitere Akte hin. In eine Klarsichthülle eingeschweißt befand sich darin ein Zeitungsausschnitt, auf dem Professor Sänger in einem Anzug abgebildet war, neben dem ein kleiner Mann in SS-Uniform stand. Im Hintergrund des Fotos war deutlich der Burgfried von Crailsfelden zu erkennen. »Die Bildunterschrift zu dem Foto lautete: *Der Reichsführer SS beglückwünscht Professor Sänger zur Eröffnung eines weiteren Müttergenesungsheimes*«, kommentierte sie leise. »Maria hat hier eine ganze Reihe von Zeitungsartikeln gesammelt, die meisten davon aus den dreißiger und vierziger Jahren. Es geht um so ergreifende Sachen wie eine Julfeier auf der Burg, oder um die Verleihung des Mutterkreuzes. In einem geht es um die Eröffnung der Internatsschule nach dem Krieg, dann gibt es einen über den tragischen Selbstmord einer Schülerin, die sich vom Burgfried gestürzt hat. Ein paar Wochen später wird die Schule geschlossen. Das war 1986. Professor Sänger erklärt dazu in einem Interview, dass der schreckliche Unfall ihm seinen Seelenfrieden genommen hätte und er nicht mehr die Kraft hätte, die Schule weiterhin zu leiten. Komisch, nicht wahr?«

»Wieso?« Der Wirt machte eine wegwerfende Handbewegung. »Daran kann ich mich noch erinnern. Der Professor war damals über siebzig. Das Ganze hat ihn ziemlich mitgenommen. Vielleicht hat er auch schon lange nach einer Möglichkeit zum Aufhören gesucht.«

»Das stinkt doch zum Himmel!«, lehnte die Ärztin entschieden ab. »Wer bis weit über das normale Pensionierungsalter hinaus den Elan aufbringt, eine Privatschule zu leiten, der hört doch nicht auf, weil ein Mädchen Selbstmord begeht. Schlimmstenfalls gibt er sein Amt an einen würdigen Nachfolger ab. Hinter diesem Selbstmord steckt mehr.«

»Miss Marple und Pater Brown wären sicher stolz auf dich«, seufzte Carl. »Aber ich kann deinen Argumente nicht so ganz folgen. Er war ein alter Knacker ... Irgendwann ist dann eben Schluss.«

Mein Mund fühlte sich plötzlich an wie ausgetrocknet, und in meinem Hals spürte ich ein unangenehmes Kratzen und Drücken, ausgelöst durch den steinharten Klumpen, der sich innerhalb von Sekunden in meiner Kehle gebildet und bis auf Weiteres unerschütterlich dort festgesetzt hatte. Ich konnte nicht einmal versuchen, diesen schmerzhaften Kloß herunterzuschlucken, denn meine Zunge klebte wie mit Zwei-Komponenten-Kleber an meinem Gaumen fest. Selbst das Atmen fiel mir schwer. Auf einmal war er wieder da, der Alien hinter meiner Stirn, und erneut begann er sich zu regen. Da war irgendetwas mit diesen Zeitungsartikeln, das es wieder wachgerüttelt hatte, das schmerzhafte Etwas in meinem Kopf, das ich seit meiner zweiten Ohnmacht im Keller nicht mehr verspürt und binnen kürzester Zeit aus meinem Bewusstsein verdrängt hatte. Hinter meiner Stirn begann es erneut zu pochen, Schwindel erregende Wogen des Schmerzes wallten unter der Schädeldecke entlang und erschwerten mir zunehmend das Denken. Dabei hatte ich doch das sichere Gefühl, dass es gerade jetzt unglaublich wichtig war, dass ich mich konzentrierte, dass ich über das nachdachte, was gesagt worden war, möglichst tief in mich hineinhorchte und versuchte, einen Zugang zu meinem Unterbewusstsein zu finden. Ich spürte, dass dort etwas Wichtiges verborgen sein musste, wo sich vielleicht der Schlüssel zu dem Geheimnis, das wir notgedrungen zu ergründen versuchten, versteckt hielt. Es war etwas mit dem Zeitungsartikel gewesen, den Ellen vorgelesen hatte, daran bestand kein Zweifel, denn in genau diesen Sekunden hatte es wieder begonnen. Der Selbstmord des Mädchens, die Schließung der Schule … Dahinter steckte etwas Entscheidendes, vielleicht etwas, von dem Leben oder Tod abhing. Doch der plötzliche Angriff meiner Kopfschmerzen, dieses schier endlos scheinende Martyrium, ließ mir keine Chance, das Rätsel zu entschlüsseln.

Mein verschleierter Blick wanderte Hilfe suchend zu Judith, doch auch sie massierte sich auf einmal die Schläfen, als erginge es ihr ähnlich wie mir. Verflucht, welches grausame Nervengift war hier am Werk?

»Ich finde, wir sollten uns lieber um Maria kümmern, als diesen Hirngespinsten nachzuhängen.« Carls Stimme drang wie aus weiter Ferne zu mir durch, dennoch hallte sie in einem Echo des Schmerzes hinter meiner Stirn nach. »Vielleicht würde Miss Sittenwächterin so gut sein und den Koffer durchsuchen?«, wandte er sich zynisch an Judith. »Ich darf ihn ja nicht anrühren.«

»Zwischen der Wäsche liegt nichts mehr«, knurrte Judith gereizt. Möglicherweise war nicht nur die ironische Art und Weise, mit der der Wirt ihr gegenübertrat, für ihre plötzliche Übellaunigkeit verantwortlich, sondern zusätzlich der Schmerz, der auch ihr zu schaffen machte. Vielleicht sogar plagten auch sie die verrückten Gedanken, denen sie verzweifelt nachzugehen versuchte, während sie wie ich gegen Schwindel und Übelkeit ankämpfte. Wenn sie sich aber ebenso miserabel fühlte wie ich, dann bewunderte ich ein weiteres Mal ihre Tapferkeit, schließlich wäre ich in diesen Momenten noch immer nicht in der Lage gewesen, auch nur ein einziges Wort hervorzubringen.

»Ich meine auch die Tasche im Futter des Koffers«, gab Carl zurück. »Hast du den Reißverschluss übersehen? Vielleicht hat sie da ja ihr geheimes Notizbuch versteckt – die Memoiren einer altjüngferlichen Bibliothekarin auf der Suche nach bösen Nazi-Verbrechern. Das Dokument, das alles ans Licht bringt!«

»Du bist ja *so* witzig!«, stöhnte Judith entnervt, öffnete aber wahrscheinlich um des lieben Friedens willen trotzdem den Reißverschluss auf der Innenseite des fast tischplattengroßen Kofferdeckels und tastete sich mit den Fingerspitzen durch das Fach. Dann nahm ihr Gesicht einen überraschten Ausdruck an. Stirnrunzelnd zog sie ein rotbraunes, ledernes Dokumentmäppchen aus dem Koffer hervor. »Führerschein … Bibliotheksausweis …«, dokumentierte sie, während sie sich durch die kleinen Klarsichthüllen im Inneren der Mappe blätterte. Dann stockte sie plötzlich, überflog eines der Papiere, las es sorgfältig noch einmal und hielt mir schließlich stumm das aufgeklappte Mäppchen hin.

Mein Blick war noch immer getrübt vom Schmerz

und verschleiert vom Schwindel. Dennoch konnte ich unter großen Mühen erkennen, was auf dem grellorangefarbenen Dokument in einer Plastikhülle geschrieben stand: Es war ein Presseausweis, der Marias Daten und ein kleines Lichtbild trug, auf dem sie abgebildet war – auf dem allerdings nichts, aber auch rein gar nichts mehr an das unschuldige graue Mäuschen erinnerte, als das wir sie kennen gelernt hatten. Sie trug ihr sonst zu einer Unfrisur verunstaltetes blondes Haar sorgfältig zu einem modischen Look gestylt und trug eine knallrote, hauteng geschnittene Bluse, die noch dazu meiner Meinung nach um genau einen Knopf zu weit geöffnet war, um noch einen dezenten Reiz auszustrahlen.

»Journalistin«, flüsterte ich. Ich war wie vom Donner gerührt, der sich elegant zwischen die Blitze, die durch meinen Schädel zuckten, eingliederte. Immerhin hatte ich ein paar Milliliter Speichel hinter meinen Backenzähnen gefunden, die mir zumindest mühsam das Sprechen ermöglichten. »Von wegen Bibliothekarin.«

»Das ist es nicht.« Judith schüttelte den Kopf und tippte mit dem Zeigefinger auf die andere, heruntergeklappte Seite des Dokumentmäppchens, worin ein weiteres Dokument mit Lichtbild steckte. »Das ist ein Waffenschein!«

Ein abwechselnd kalter und heißer Schauer lief mir über den Rücken, und ich fühlte mich endgültig, als hätte es mich in ein Gewitter aus Fragen und Rätseln verschlagen. Meine Gedanken und Gefühle überschlugen sich, tanzten einen schmerzhaften Pogo in meinem Kopf, warfen einander um und halfen sich dann beim Aufstehen, nur, um sich dann gleich wieder gegenseitig über den Haufen zu rennen. Maria hatte einen Waffenschein, war Journalistin, trug eine edelhurentaugliche Bluse … ausgetauschte, kindliche Gliedmaßen, und das Mädchen war tot, vom Turm gesprungen, hatte sich einfach selbst getötet, wegen Sänger? Nein. Oder doch? Verdammt! Ich musste mich beruhigen und meine Gedanken ordnen! Dieses wahnwitzige Chaos ergab einfach keinen Sinn!

Judith griff noch einmal in das Fach im Kofferfutter, warf ein Päckchen Tampons (ich hätte auf Damenbinden getippt, Maria war einfach nicht der Typ für Hightech-Hygiene) und eines mit Aspirin in den Koffer und beförderte schließlich eine platt gedrückte, graue Schachtel ans Licht des Raumes, das düster und unheimlich war und die Schatten in den Winkeln betonte.

»Pistolenmunition, Kaliber 38«, murmelte Carl tonlos. Für einen Moment erschlafften seine Züge, dann spannte sich jeder verfettete Muskel seines Körpers. »Scheiße, scheiße, scheiße!«, fluchte er lauthals. »Diese Killerin hat eine Knarre und läuft jetzt irgendwo in der Burg herum.«

Oder jemand anderes hat die Pistole, dachte ich stumm und lobte mich für diesen rationalen Schluss. Der Koffer war zerwühlt gewesen, als wir den Raum betreten hatten, ganz so, als hätte jemand etwas darin gesucht. Maria hätte gewusst, wo die Pistole versteckt war, also musste es einfach irgendein anderer gewesen sein.

Aber wer?

Mein Schädel dröhnte noch immer, aber wenigstens hatte die Punkband in meinem Kopf, die die Musik für den Pogotanz meiner Gedanken geliefert hatte, den Rückzug angetreten. Ihr Publikum mit seinen nicht greifbaren Geistesblitzen und Adrenalinschüben hatte sie der Pausenmusik überlassen, sodass ich den Wirrwarr im Stadion meines Hirns zwar noch immer nicht ganz überblicken oder gar in Worte fassen konnte, aber trotz des hämmernden Schmerzes war ich jetzt in der Lage, wenigstens einige wenige objektive Momentaufnahmen zu gewinnen.

Jeder von uns hätte in den vergangenen Stunden eine Gelegenheit finden können, sich hierher zu stehlen und die Waffe an sich zu nehmen. Aber wer von uns konnte gewusst haben, dass Maria eine Pistole in ihrem Koffer mit sich herumschleppte? War es möglich, dass sie selbst den Koffer zerwühlt hatte, um eine falsche Fährte zu legen? Dumm war sie schließlich nicht, das hatte sie uns nicht nur mit ihren ellenlangen Vorträgen oft genug bewiesen, sondern auch mit der Tatsache, dass sie es geschafft hatte, uns zu täuschen, indem sie sich die ganze Zeit als Bibliothekarin ausgegeben hatte, ohne ein solche zu sein, und uns außerdem noch absolut glaubhaft einen Charakter vorgespielt hatte, der ihrem echten mit hundertprozentiger Sicherheit in keiner Weise entsprach. Aber warum hatte sie das getan? Welchen Nutzen hatte das für sie gehabt?

Ich massierte mir die Stirn unmittelbar über der Nasenwurzel mit Ring- und Zeigefinger. Diese verfluchten Kopfschmerzen! Ich war Migräne gewohnt, schließlich plagte sie mich schon seit meiner Kindheit. Aber das, was ich in dieser Nacht durchmachte, war beinahe schlimmer als alle vorausgegangenen Schmerzattacken, die ich je in meinem Leben erlitten hatte, zusammen. Auch war es nicht ungewöhnlich, dass es mir schwer fiel, klare Gedanken zu fassen, wenn ich wie benebelt mit einem feuchten Tuch auf der Stirn in meinem Bett lag und geduldig darauf wartete, dass das Migränin endlich Wirkung zeigte, aber Blackouts wie die, denen ich in dieser Nacht bereits mehrfach fast erlegen war, waren mir bis dahin völlig fremd gewesen.

»Lass mich an den Koffer!« Carl stieß Judith kraft seiner Leibesfülle einfach aus dem Weg, riss das wuchtige Gepäckstück mit einer einzigen, energischen Bewegung in die Höhe und schüttete seinen gesamten Inhalt einfach auf dem Bett aus.

»Lass das!«, entfuhr es Judith erschocken, aber es war ohnehin schon zu spät. Marias Kleider, ihre Strümpfe, ihre Unterwäsche, alle ihre persönlichen Gegenstände, lagen bereits mit den Ordnern zu einem unüberschaubaren Chaos vermengt auf dem Bett und dem Linoleumboden verteilt.

Der dickleibige Wirt begann erregt, in der Wäsche der Bibliothekarin, die in Wirklichkeit Journalistin war, herumzuwühlen. Allem pochenden Schmerz zum Trotz eilte ich auf ihn zu, um ihn davon abzuhalten, weiter in Marias Klamotten herumzuwühlen. Wenn die Waffe nun doch noch in dem Koffer gewesen war, dann ...

»Du hast mich lange genug gegängelt!« Carl wandte sich in einer abrupten, wütenden Bewegung zu mir um, eine halbe Sekunde, ehe ich ihn erreichen und entschieden vom Bett hätte wegzerren können. »Mal sehen, wie stark du bist, wenn du kein Messer dabei hast!«

Wie ein wütender Stier ging der dicke Althippie auf mich los und rammte mir sein bulliges, langhaariges Haupt in den Magen. Hart wurde ich nach hinten geschleudert und schlug mit einem lauten Knall auf dem Boden auf, nur einen Sekundenbruchteil, ehe der schwergewichtige Gastwirt mich unter seiner Leibesfülle begrub und mir auf diese Weise auch noch den letzten Rest Kohlenstoffdioxid aus den Lungen trieb. Ein metallischer Geschmack breitete sich in meinem Mund aus. Das Tier in meinem Hirn, dieser sich windende Alien in meinem Schädel, bäumte sich entsetzt auf, trieb den Schmerz über die Grenzen des Erträglichen hinaus und ließ grellbunte Punkte vor meinen Augen aufflimmern. Ich hörte den Alien schreien, realisierte, dass er es mit meiner Stimme tat, sah mich auf einmal wie einen unbeteiligten Dritten, der neben mir stand, mit Carl zu einem Knäuel aus Armen und Beinen verkeilt am Boden liegen, uns dicht an dicht durch den kleinen Raum wälzen, während wir mit geballten Fäusten unerbittlich aufeinander eindroschen. Ein Stakkato aus schmerzhaften Hieben prasselte auf meinen Kopf und meinen Oberkörper nieder, mehr als einmal rammte der Wirt die Knie in meine Weichteile, brüllend, schreiend, fluchend, und auch ich schrie vor Hass, Schmerz und Schrecken, aber das alles berührte mich nicht. Ich war distanziert von meiner eigenen Gestalt, betrachtete alles, was geschah, wie einen Film und aus sicherer Entfernung heraus, hätte vielleicht seufzend den Kopf geschüttelt über das kindliche Gehabe dieser beiden erwachsenen Männer zu meinen Füßen, hätte ich in diesem Moment nur einen reellen Körper abseits dessen, aus dem ich mich gelöst zu haben schien, gehabt.

War das Einbildung, ein Traum vielleicht? Oder starb ich gerade, und meine Seele löste sich von meinem Körper!

Es gab Nahtod-Berichte von Menschen, die ihr

Sterben beschrieben wie das, was ich gerade empfand, die berichteten, wie ihre Seele langsam aufgestiegen sei und einen letzten Blick auf die sterblichen Überreste des Ichs, auf jene Hülle geworfen hätte, in die ihr Leben über Jahrzehnte hinweg gesperrt gewesen sei, um dann ohne Eile, doch konsequent auf das Licht zuzusteuern, das nichts als reines Glück bedeutete, die Erlösung aus allen Qualen, die das Leben dem Menschen beschert hatte, die Befreiung aus allen Zwängen und fleischlichen Fesseln. Ich empfand keine Angst, im Gegenteil: Ich war erleichtert. Ich würde sterben, und alles war vorbei, vergessen und irrelevant für das, was dem Leben folgen mochte. Ich hielt Ausschau nach dem Licht, nach dieser gleißenden Helligkeit, die heller sein musste als alles, was das menschliche Auge zu erfassen vermochte, und die dennoch nicht blendete. Dunkelheit verschlang mich, doch es war keine beängstigende Schwärze, sondern wohlig warme Finsternis, in der ich mich geborgen fühlte, wie ein Ungeborenes im Mutterleib. Carl, Judith, Ellen und ich selbst verschwanden aus meinem Blickfeld, die Schreie verhallten, und der Schmerz versiegte. Ich bedauerte nichts. Wohin auch immer ich meinen Blick wandte, empfing ihn nur samtene, unendlich vertraut wirkende Schwärze, die wie mit warmen, weichen Händen nach mir griff und meine geplagte Seele streichelte, bis auch die letzte Erinnerung an alles Negative, das das Leben in sie hineingebrannt hatte, restlos verschwand und mich der reinen, gelassenen Wonne überließ.

Von weit her hörte ich jemanden rufen – ein Kind, ein Mädchen, Miriam! Das Mädchen aus meinen Träumen!

Auf einmal befand ich mich auf dem mächtigen Turm der Burg, stand mit dem Rücken zu den Zinnen. Die Steine fühlten sich angenehm an, als hätten sie die Wärme eines heißen Sommertages gespeichert und gäben sie nur widerwillig nach und nach wieder ab, weil sie wussten, dass die Kälte, die ihr folgen würde, eisig und kaum wieder zu verdrängen sein würde. Neben mir stand Miriam, ihre zierlichen Finger krallten sich erbarmungslos in meine rechte Hand, sodass in winzigen Tröpfchen Blut aus meinem Handrücken quoll, wo sich ihre Fingernägel tief in mein Fleisch bohrten. Kalter Schweiß ließ unsere Hände zusätzlich aneinander haften, ich drückte ihre Hand nicht weniger entschlossen und fühlte mich, als versuchten wir so aneinander geklammert miteinander zu verschmelzen, um einer gewaltigen Übermacht – worin auch immer diese bestehen mochte – mit buchstäblich vereinten Kräften zu trotzen. Ich hatte Angst, unsagbar große Angst, die alle anderen Gefühle beinahe erstickte.

Aber eben auch nur beinahe. Irgendetwas stimmte nicht. Das hier war nicht die Wirklichkeit, dessen war ich mir vollkommen bewusst, ohne dass dieses Bewusstsein die Furcht hätte lindern können, die mein Herz rasen und meinen Atem fast hechelnd klingen ließ. Doch dieser Traum unterschied sich von allen, die ich zuvor je gehabt hatte. Langsam blickte ich an meinem Körper hinab. Es war der eines erwachsenen Mannes, nicht der eines Kindes.

Und ich war nackt, jeder Hülle, jedes Schutzes vor diesem Grauen beraubt, das im Traum auf mich lauerte (das auf Miriam lauerte und sie mir wegnehmen wollte!).

Wieder stieg Maria aus der Luke auf das oberste

Plateau des Turmes hinauf. Auch sie hatte sich verändert. Sie war nicht mehr die schüchterne, graue Maus aus der Burg, als die sie mir zuletzt sogar im Traum begegnet war, sondern trug ein nahezu anstößiges Outfit, das aus einer hautengen, leuchtend roten Bluse, durch deren Ausschnitt ich beinahe auf ihren Bauchnabel hinunterblicken konnte, und einem kurzen, schwarzen Rock bestand.

»Ich weiß alles!« Die Journalistin Maria sprach mit der hellen, klaren Stimme eines Kindes, das die Pubertät noch nicht erreicht hatte. Dennoch klangen ihre Worte härter als alle, die ich in der Realität zuvor von irgendeinem Menschen dieser Welt vernommen hatte. »Du hast uns verraten, Frank! Wir sind sechs! Wir sind etwas Besonderes!« Sie deutete mit dem Zeigefinger auf das Mädchen Miriam, das sich zitternd an meinen Oberkörper klammerte und ihr aus großen, angstweiten Augen entgegenstarrte. »Dieser Bastard hat hier nichts verloren.« Zu dem gnadenlosen Hass in ihrer Stimme gesellte sich ein Beiklang von Vorwurf, und auch von Ekel. »Unreines Blut hat sie. Das sieht man an ihrem schmierigen schwarzen Haar.«

Noch nie war ich einem so unverhohlen mordlüsternen Blick wie dem ihren begegnet, nie zuvor hatte ich einen so hasserfüllten Klang vernommen, wie der, der Marias Worten innewohnte und ihnen etwas nahezu Körperliches verlieh, sodass jede einzelne ihrer Silben sich beinahe wie eine Klinge durch mein Fleisch zu schneiden vermochte, um mit stählerner Spitze in meine Seele zu dringen. Und dennoch hatte ich Verständnis für sie, für den abgrundtiefen Hass, den sie auf Miriam, vor allen Dingen aber auf mich empfand. Ich hatte etwas getan, das gegen mein

Innerstes verstieß, meinen höchsten Werten widersprach, die Regeln gebrochen hatte, die aus einer unerschütterlichen Überzeugung erwachsen waren. Ich wusste, dass ich schuldig war.

Aber ich wusste nicht, was ich getan hatte.

Miriam klammerte sich mittlerweile so fest an mich, dass mir das Atmen zunehmend Schwierigkeiten bereitete. Dann spuckte die Luke, durch die Maria unter den Nachthimmel zu uns hinausgetreten war, weitere Gestalten aus. Ellen in ihrem eleganten Kostüm, Judith in ihrem durchscheinenden Sommerkleid, Stefan, der verständnislos den Kopf schüttelte, als er an Ellens Seite trat, und Ed, den seine durchtrennte Halsschlagader nicht an einem hässlichen Lächeln zu hindern vermochte.

»Verräter!« Sie alle sprachen wie im Chor, und sie alle sprachen wie Maria mit hellen Kinderstimmen, die in ihrer Gesamtheit klangen wie ein klares, teuflisches Glockenspiel, das durch die tiefdunkle Nacht hallte. Ich versuchte einen Schritt zurückzuweichen, doch der Zinnenkranz in meinem Rücken gestand mir nicht einen einzigen weiteren Millimeter des Rückzugs mehr ein.

»Einer wird jetzt gehen.« Wieder hatte sich der Klang von Marias klarer Kinderstimme geändert. Vorwurf und Abscheu waren aus ihr verschwunden, und selbst der Hass hatte der tödlichen Entschlossenheit, mit der sie stattdessen nun sprach, weichen müssen. Langsam hob sie ihre Rechte, in der sie plötzlich eine elegante, verchromte Schusswaffe hielt, und deutete damit auf Miriam.

Mein Atem stockte, und ein herber Stich durchfuhr mein Herz. Es verweigerte für einen kleinen Augenblick gänzlich seinen Dienst, und als es ihn wieder aufnahm, schlug es nur umso heftiger und schmerzhafter in meiner Brust. Ich spürte, wie Miriam ihren Griff um meinen Brustkorb lockerte. Aus unsagbar traurigen, dunklen Augen blickte sie zu mir auf, und entsetzt stellte ich fest, wie ihre fast qualvolle körperliche Anspannung, unter der ich nach wie vor stand, von ihr wich und einer an Resignation grenzenden Mutlosigkeit Platz machte.

»Sie werden dich töten«, flüsterte Miriam. Ihre Stimme hätte jedem leibhaftigen Engel zur Ehre gereicht, klang wie ein tragischer Auszug aus einer herzergreifenden, klassischen Symphonie in meinen Ohren. »Du kannst mich nicht mehr retten. Aber ich kann dein Leben retten.«

Sie wich langsam vor mir zurück und stieg ohne Eile, in einer fast theatralischen Bewegung auf die hohen Zinnen hinauf. Dennoch befand sie sich bereits in gefährlich luftiger Höhe, ehe ich auch nur ansatzweise reagieren konnte. Auf einmal waren meine Arme und Beine wie gefesselt – nein, nicht wie gefesselt: Hauchdünne Fäden waren darum gebunden, die bis weit hinauf in den nachtschwarzen Himmel reichten und sich irgendwo in der Ferne verloren. Und auch die fünf anderen, die sich mit mir auf dem Plateau befanden, hingen an solchen Fäden wie Marionetten, die nach einem längst festgelegten Theaterstück tanzen mussten. Nur Miriam war frei – scheinbar jedenfalls.

Mein Blick wanderte entsetzt zu Maria zurück. Auf einmal hielt sie keine Pistole mehr in der Hand, sondern führte selbst eine Marionette, wie auch sie selbst eine war, wie wir alle solche waren, von gewaltiger, dämonischer Hand aus dem unergründlichen, tiefschwarzen Nichts hinter dem sternenlosen

Nachthimmel gesteuert, dem nur der silbrig scheinende, blasse Mond einen unwesentlichen Deut kühles Licht verlieh. Doch Marias Marionette trug ein bordeauxrotes Kleid und hatte langes, seidenglattes, pechschwarzes Haar und große, dunkle Augen. Sie sah aus wie Miriam!

»Tanz!«, sagte Maria kalt, während sie an den Fäden der kleinen Holzpuppe zerrte, wobei ihre eigenen Bewegungen, von den hauchdünnen Schnüren, die aus dem Himmel hinabreichten und fest um ihre Hand- und Fußgelenke gebunden waren, gesteuert wurden. Ihre Bewegungen wirkten dabei ebenso ruckartig und unecht, wie die der kniehohen Figur vor ihren Füßen.

Auf unheimliche Weise wiederholte das schwarzhaarige Mädchen auf den Zinnen jede einzelne der Bewegungen, die Maria ihre Puppe vollführen ließ, so als tanzten sie gemeinsam einen sorgsam choreographierten Tanz. Doch die Miriam aus Fleisch und Blut tanzte auf einer winzigen Fläche, auf nicht einmal einem Viertel Quadratmeter in hunderten von Metern Höhe, wie es mir vorkam – eine teuflische Vorführung hoch über dem Burghof, ein Tanz mit dem Tod, während ihre hölzerne Miniaturausgabe sich in der Sicherheit des steinernen Plateaus bewegte. Irgendwo in der Finsternis weit über uns legte ein teuflischer DJ dazu »Lili Marleen« auf, legte die Finger auf das schwarze Vinyl und ließ immer wieder denselben Vers leiern: Solln wir uns da wieder sehn … solln wir uns da wieder sehn …

Immer waghalsiger wurden Miriams Schritte, die sich dem Rhythmus der Sequenz angeglichen hatten, so wie Maria ihr Ziehen an den Nylonsträngen dem Takt der aus weiter Ferne zu uns hindurch dringen-

den Musik anpasste. Doch während in den Blick der Journalistin dabei nichts als reine Entschlossenheit geschrieben stand, war Miriams Gesicht verzerrt zu einer starren Maske mit weit geöffneten, verträumten Kulleraugen und einem abwesenden Lächeln, so als sei sie gezwungen, sich nicht nur so zu verhalten wie die Marionette zu Marias Füßen, sondern als sei sie gar auf dem besten Wege dazu, sich selbst in eine willenlose Holzpuppe zu verwandeln. Mit eingefrorenem Lächeln drehte sie Pirouetten, hüpfte auf dem kleinen Steinquader herum, beugte sich mehrfach vor und zurück, weit über den Abgrund, um dann im allerletzten Moment gerade noch zurückzutreten. Dann blieb sie plötzlich wie versteinert stehen, als Maria die Fäden ihrer kleinen Puppe straff zog, sich zu ihr hinunterbückte und den Rücken der Figur mit der freien Hand brutal nach vorn knickte. Miriam auf den Zinnen machte eine abgehackt wirkende, aber unglaublich tiefe Verbeugung, sodass ich ihre Wirbelsäule für den Bruchteil einer Sekunde brechen zu hören glaubte.

»Die Vorstellung ist zu Ende«, ließ Ed verlauten, der auf einmal mit der Stimme eines alten Mannes sprach. Das Blut, das aus der klaffenden Wunde, die von seinem Nacken bis fast zu seinem Kehlkopf reichte, gurgelte dabei widerlich, und er grinste mir mit seiner so verhassten, hässlichen Fratze entgegen.

Das schwarzhaarige Mädchen breitete die Arme aus wie eine Turmspringerin, die einen tollkühnen Salto vom Zehnmeterbrett leisten will. So wolln wir uns da wieder sehn, *ließ der unsichtbare DJ den Vers aus »Lili Marleen« sich wiederholen, und noch einmal und endlos immer wieder.* So wolln wir uns da wieder sehn …

Miriam stürzte sich rücklings in den Abgrund. Ich schrie.

Auf einmal erkannte ich verschwommen Judiths Gesicht ganz dicht über meinem. Ich spürte ihre Hände auf meinen Wangen, und sie fühlten sich wie Glut auf meiner nasskalten Haut an. »Komm zu dir«, hörte ich sie in flehendem Tonfall auf mich einreden. »Bitte, Frank, komm zu dir.«

Ich wollte antworten, sie beruhigen, doch mein Herz raste immer noch wie nach einem Marathonlauf, und der pelzige Belag, der sich auf meiner Zunge ausgebreitet hatte, machte mir das Sprechen im Augenblick unmöglich. Das war kein Traum mehr, dachte ich benommen, obgleich »Lili Marleen« noch immer so laut in meinen Ohren widerhallte, dass ich im ersten Moment nicht ganz sicher war, ob nicht tatsächlich jemand einen Plattenspieler aufgetrieben und den alten Schlager aufgelegt hatte.

Ellen trat in mein Blickfeld und drückte Judith den Napola-Dolch in die Hand. »Halt den Dicken in Schach«, kommandierte sie. »Ich schaue mir Frank an.«

Die Ärztin hob den Strahler, den sie wieder an sich genommen hatte, direkt vor mein Gesicht, und das gleißende Licht aus der Taschenlampe bohrte sich wie mit glühenden Dolchen durch meine Augen hindurch tief in mein Hirn. Ich schrie vor Schmerz und Schrecken auf und hob schützend beide Arme vors Gesicht, doch der stechende Schmerz, den das grelle Licht wieder in meinem Kopf wachgerüttelt hatte, blieb.

»Was ist mit ihm?«, hörte ich Judith besorgt fragen. Sehen konnte ich sie im Augenblick nicht; vor meinen Augen tanzten bunte Pünktchen mit sternschnuppengleichen Schweifen einen wirren Reigen.

»So, wie er auf die Steinplatten aufgeschlagen ist, muss man mindestens von einer Gehirnerschütterung ausgehen«, antwortete die Ärztin in sachlichem Tonfall und bog einen meiner Arme mit einer Kraft zurück, die ich ihr nie zugetraut hätte oder die ich nur als so stark empfand, da ich selbst mich unendlich schwach und ausgelaugt fühlte.

So absurd es auch klang: In dieser Sekunde spürte ich deutlich, wie sich etwas tief in mir regte, etwas, das an den Fesseln meiner körperlichen Existenz zu rütteln schien und sich mit rasiermesserscharfen Klingen an den Strängen meines Willens zu schaffen machte. Ich wusste nicht, was es war, geschweige denn, was es wollte, aber ich fühlte deutlich, dass es nicht zu mir gehörte, dass dieses Etwas, das in diesen Sekunden versuchte von mir Besitz zu ergreifen, kein Teil meiner Persönlichkeit war, sondern zu jemand anderem, zu einer fremden Kreatur gehörte, die meinen Körper für sich zu nutzen begann, während meine Seele ihm ein weiteres Mal zu entweichen schien. Auf einmal fühlte ich mich wieder seltsam distanziert von mir selbst, von meinen Schmerzen, von Judith und Ellen …

Träumte ich schon wieder? Oder hatte ich es die ganze Zeit über getan und mir die Rückkehr in die Wirklichkeit nur eingebildet?

Mit Daumen und Zeigefinger spreizte die junge Ärztin die Lider meines linken Auges auf, sodass ich sie nicht mehr zu schließen vermochte. Dann leuchtete sie mir wieder mit diesem gottverdammten Strahler, mit diesem grausamen kleinen Folterwerkzeug ins Gesicht, und ich schrie erneut auf vor Qual. Mir ein glühendes Schüreisen durchs Auge zu rammen, hätte mich wohl nicht schlimmer peinigen können. Wieder schien sich etwas in meinem Kopf zu bewegen, und ich fragte mich (ich hoffte!), dass es nur der Schmerz war, der mich in den Wahnsinn zu treiben drohte. Ich litt, als hätte sich ein gemeiner Gargoyle aus den Tiefen der Hölle in meinem Kopf eingenistet und schabte in diesen Sekunden genüsslich von innen an meiner Hirnschale.

Ich hörte Ellen reden, konnte aber ihre Worte nicht verstehen. Trübte oder betäubte der Schmerz einen Teil meiner Sinne, lag ich im Sterben oder war dieses nur ein weiteres Kapitel meines verrückten Albtraumes? Ich wusste es nicht, aber wenn es lediglich ein Traum war und wenn es so etwas wie einen Gott gab, dann sollte er sich meiner in diesen Sekunden verdammt noch mal erbarmen und mich endlich daraus erwachen lassen!

Ein ganz und gar reelles Geräusch schallte durch die Dunkelheit und schien meine Trommelfelle zu sprengen, ehe es eine grausame Implosion in meinem schmerzenden Kopf auslöste. Der unverwechselbare Laut eines Schusses, der von den Wänden widerhallte und die gesamte Burg für einen Moment erzittern ließ, ehe ihm ein zweiter folgte!

Entsetzt versuchte ich die Augen aufzureißen, doch meine Lider lasteten schwer wie Blei auf meinen Hornhäuten, sodass ich sie nicht gänzlich heben, sondern lediglich einen kleinen Spalt weit öffnen konnte, um einen verschleierten Blick auf meine Umgebung zu erhaschen. Ich erkannte, wie Carl auf den Ausgang zustürmte, dicht gefolgt von der Ärztin und schließlich Judith, die den Raum schnellen

Schrittes als letzte verließ. Benommen versuchte ich zu begreifen, was geschehen sein mochte, versuchte angestrengt, mich auf die Ellbogen aufzustützen, um einen prüfenden Blick durch den Raum zu werfen, aber meine Mühen waren vergeblich: Meine Arme und Beine fühlten sich schwer und betäubt an, fast so, als hätte man mich auf dem kalten Steinboden festgenagelt. Aber wenn mir auch meine Glieder noch nicht gehorchten, so war wenigstens mein Geist durch den lauten Knall und den Schrecken wieder gänzlich erwacht, sodass meine Sinne endlich wieder präzise arbeiteten.

Es waren Schüsse gefallen, begann ich zu ordnen, was in den letzten Sekunden geschehen war. Ich konnte nicht sagen, von woher das Geräusch gekommen war, ob der Schuss in diesem Raum oder irgendwo anders in der Burg abgefeuert worden war und gab mir Mühe, mich ganz auf die Gerüche im Zimmer zu konzentrieren, wenn ich schon nicht fähig war, mich umzusehen. Möglicherweise hatte Marias Pistole doch noch zwischen ihren Kleidern gelegen. Aber wenn es so war – wer hatte hier auf wen geschossen? Carl und Ellen waren zuerst aus dem Zimmer geflüchtet. Vor Judith vielleicht?

Nein. Ich schloss die Augen, um mich besser konzentrieren zu können, aber ich roch kein Pulver und kein Blei, sondern nur getragene Kleidung, Schweiß, Blut, aber auch noch den schwachen Duft Judiths, einen sanften Hauch der Liebe. Niemand hatte in meiner unmittelbaren Nähe geschossen.

Dennoch waren sie alle fortgelaufen, von hier geflohen.

Ein dumpfer Schmerz breitete sich in meinem Hinterkopf aus, der anders, irgendwie natürlicher wirkte, als jenes Stechen, Hämmern und Dröhnen, das mich im Laufe dieser Nacht so oft heimgesucht hatte. Hatte Ellen nicht von einer Gehirnerschütterung gesprochen? Mir war übel. Aber ich musste fort von hier. Wenn alle den Raum fluchtartig verlassen hatten, musste es einen triftigen Grund dafür geben. Möglicherweise roch ich nur deshalb nichts, das auf den Gebrauch einer Schusswaffe hindeutete, weil ich am Boden lag und zu wenig Zeit verstrichen war, als dass der Geruch das gesamte Zimmer hätte ausfüllen können. Vielleicht stand der Mörder gerade in dieser Sekunde hinter mir und wartete nur darauf, dass ich ihn noch einmal ansah, damit er sich an der Todesangst in meinem Blick laben konnte, ehe er eine dritte Kugel abfeuern und mich wie Ed und Stefan einfach auslöschen konnte! Ich musste weg von hier, ich war in Gefahr!

Der Ohnmacht wieder wesentlich näher als dem klaren Bewusstsein zwang ich mich mit aller Macht, die Augen ganz zu öffnen. Die nackte Glühbirne, die unter der Decke baumelte, starrte wie ein böses Auge auf mich herab und quälte mich mit ihrem hellen Schein, sodass ich angestrengt blinzeln musste und es mir enorme Willenskraft abverlangte, der Bewusstlosigkeit, die wieder zum Greifen nah war und mich mit wohltuender Dunkelheit einhüllen wollte, nicht einfach nachzugeben. Aber die Erfahrungen dieser Nacht hatten mich gelehrt, dass das, was mich in ihr erwartete, ungleich schrecklicher war als alles, was die Wirklichkeit mir bieten konnte, zumal diese Ohnmacht vielleicht die letzte sein würde, in die ich fallen könnte. Der Mörder, der hier umherschlich, war möglicherweise alles andere als dumm, trotzdem aber zweifellos ein Wahnsinniger, der es ohnehin vorzog, aus dem Hinterhalt zu töten und beileibe keine Skrupel hätte, einen schlafenden Mann zu erschießen. Ich musste mich zusammenreißen, durfte nicht aufgeben, der Bewusstlosigkeit nicht nachgeben, ehe ich nicht zumindest dieses Zimmer verlassen hatte und mich wieder bei Judith und den anderen wusste. Leiden konnte ich später noch immer, verdammt noch mal, dachte ich, während ich mich stöhnend zur Seite drehte und mit gewaltiger Anstrengung, so als bewegte ich mich durch einen zähen Brei, Millimeter für Millimeter auf den Ausgang zu kroch. Zumindest hoffte ich inständig, dass ich in diesem Leben noch Gelegenheit dazu finden würde, mir selbst Leid zu tun. Mein Herz hämmerte wie eine Trommel in meiner Brust, und die Kleider, die ich vorhin erst frisch angezogen hatte, klebten schon wieder schweißnass auf meiner kalten Haut. Ich hatte mich noch immer nicht umgesehen und zog es vor, das bisschen Kraft, das die pure Angst mir verlieh, auf meine Flucht zu verwenden. Ich hörte mein eigenes Blut wie einen reißenden Fluss in meinen Ohren rauschen, meinen eigenen Puls durch meine Gehörgänge dröhnen. Atmete jemand hinter mir?

Endlich erreichte ich die Tür und zog mich erschöpft über die Schwelle. Adrenalin wurde in Kübeln in meinem Inneren ausgeschüttet, als mir die Idee durch den Kopf ging, der Mörder könne nur auf genau diesen Augenblick gewartet haben, um mich in der Sekunde, wenn ich mich schon beinahe in Sicherheit wähnte, mit einem sadistischen Lächeln zu erschießen. Meine Finger krallten sich in das morsche Holz des Türrahmens, keuchend zog ich mich daran in die Höhe und versuchte, mich auf den Beinen zu halten, doch sie fühlten sich an, als hätten sie auf einmal keine Knochen mehr.

Das hier war ein Albtraum, redete ich mir verzweifelt ein. So etwas konnte, so etwas durfte es in der Wirklichkeit nicht geben. Und wenn es nur ein gottverdammter Traum war, dann konnte, musste ich jetzt den Willen aufbringen, ihn zu beeinflussen, zu steuern, selbst zu entscheiden, wie er verlief und wie er endete! Mein Blick wanderte Hilfe suchend den Flur hinab. Nach wie vor fiel es mir schwer, die Augen offen zu halten, und ich konnte nur verschwommen sehen, aber schräg gegenüber erkannte ich eine offen stehende Tür, die zu einem weiteren Internatszimmer führte. Täuschte ich mich, oder vernahm ich über das Rauschen und Hämmern in meinen Ohren hinweg tatsächlich Stimmen aus diesem Raum?

Dann bemerkte ich, wie sich zu meiner Rechten etwas bewegte, am der Treppe entgegengesetzten Ende des Flures. Irritiert und erschrocken versuchte ich, die Konturen der dunklen Kleckse, die ich im ersten Augenblick nur ausmachen konnte, zu bestimmen. Kinder!

Ein halbes Dutzend Kinder, in ordentliche Zweierreihen aufgeteilt, näherten sich mir im Marschschritt. Vor jeder Tür, die sie erreichten, scherten zwei von ihnen aus dem Trupp aus, um in dem dahinter liegenden Raum zu verschwinden. An meinen Sinnen deutlich zweifelnd löste ich eine meiner Hände vom Türrahmen, an den ich mich noch immer festklammerte, rieb mir die Augen und blinzelte angestrengt in Richtung der Kinder, fest davon überzeugt, sie beim zweiten Hinsehen nicht mehr zu erblicken, aber sie waren noch immer da, und nun konnte ich sie noch deutlicher erkennen. Es waren blonde Kinder, Jungen mit kurz geschorenem Haar und Mädchen, die lange Zöpfe trugen, allesamt waren sie bekleidet mit Schuluniformen und blitzblank polierten schwarzen Lackschuhen. Ich identifizierte sie ohne Zweifel als die Kinder auf dem Pfadfinderfoto, aber das war es nicht allein, was sie mir auf seltsame Weise vertraut erscheinen ließ …

Ich hatte keine Zeit, darüber nachzugrübeln. Ich musste fort von hier, ich musste Judith und die anderen finden, und zwar so schnell wie möglich, ehe meine Kräfte mich verließen und ich erneut zusammenbrach, womit ich dem Mörder hilflos ausgeliefert wäre. Zudem stellte ich in diesem Augenblick fest, dass mit meinen Augen irgendetwas nicht in Ordnung war. Es war, als hätte jemand zwei Filme übereinander gelegt: Ganz deutlich konnte ich mittlerweile einen hellen Flur mit seinen frisch gestrichenen Wänden erkennen, an denen neben jeder Zimmertür kleine Namensschilder und Zimmernummern angebracht waren, gleichzeitig aber sah ich auch den heruntergekommenen Korridor mit den morschen Türen und dem von der Decke blätternden, fleckigen Putz, so wie ich ihn kannte.

Es ist nur ein Traum, redete ich mir erneut mit verzweifelter Anstrengung ein. Ich kann ihn steuern und ich kann ihn kontrollieren, und ich habe die Kraft, über den Flur zu gehen, dorthin, von woher die Stimmen kamen, in den Raum schräg gegenüber, in den wahrscheinlich auch die drei anderen geflüchtet waren. Wie ein Schwimmer vom Startblock stieß ich mich vom Türrahmen ab, durchmaß taumelnd den plötzlich unendlich langen und breiten Gang, stützte mich an der Wand ab und erreichte schließlich vor Anstrengung keuchend und schwitzend den rettenden Rahmen der schräg gegenüberliegenden Tür, wo ich mich mit den Fingernägeln erneut in nachgiebiges, feuchtes Holz bohren konnte.

Es war die Tür, an der der Pfadfinderwimpel hing. Frank Gorresberg stand in kindlicher Handschrift mit überdeutlichen, regelrecht gemalt wirkenden Buchstaben auf dem Namensschild geschrieben. Mein Name!!

Meine zitternden Finger tasteten nach dem Papierschildchen, das in einen Messingrahmen eingeschoben war, und zogen es heraus. Das war keine Illusion! Deutlich konnte ich das raue Papier zwischen meinen Fingerkuppen fühlen, das Bleichmittel, mit dem man es aufgehellt hatte, sogar noch ein bisschen riechen – das alles war Wirklichkeit! Ein zweiter Name war unter dem meinen aufgeführt: Markus Kufer … Dieser Name sagte mir nichts. Ich blickte in den Raum hinter der Tür und registrierte ein ordentlich aufgeräumtes Internatszimmer. Die Laken auf den schlichten Betten waren straff gezogen, und die einfachen Kissen und Wolldecken akribisch zusammengelegt, wie beim Militär. Irgendetwas in mir begann aufzubegehren. Dieser verfluchte kleine Alien in meinem Kopf!

Wie sowohl in Ellens und in Marias Zimmer als auch in dem, wo ich mich ursprünglich zur Ruhe gelegt hatte, gab es auch hier gegenüber dem Eingang zwei kleine Giebelfenster. Eines davon wurde jetzt nahezu vollständig von Carls bulliger Statur ausgefüllt, der davor stand und wie gebannt auf den Burghof hinausblickte, während Ellen und Judith sich das andere Fenster teilten.

»Judith …«, presste ich leise hervor.

Judith schrak zusammen und wandte sich zu mir herum. Sie hatte mein Flüstern gehört! Wenn auch ich noch immer nicht wusste, wo die Wirklichkeit begann und wo sie endete, so wusste ich nun zumindest mit hundertprozentiger Sicherheit, dass zumindest ich real war. Ihr Gesicht wirkte unglaublich bleich, noch blasser sogar als vorhin, als Ellen die Wunde an ihrem Arm vernäht hatte. Der Blutverlust, versuchte ich mich stumm zu beruhigen. Es rührte alles nur von ihrem Blutverlust her, ganz bestimmt.

Ich fühlte, wie etwas Warmes von meiner Nase hinabtropfte und meine Lippen benetzte. Ein metallischer, fast rostiger Geschmack breitete sich in meinem Mund aus, und auch die Schmerzen in meinem Kopf hämmerten wieder mit voller Wucht von innen auf meine Schädeldecke ein. Wieder fühlte ich dieses fremde Etwas in meinem Inneren. Vielleicht wurde ich tatsächlich verrückt, dachte ich, aber möglicherweise hatte ich auch schlichtweg einen Schädelbruch. Ich war nicht sicher, was mir lieber war.

Judiths Lippen bewegten sich, während sie auf mich zu eilte, aber die Silben, die sie hervorbrachte, ergaben keinen Sinn in meinem Verstand, purzelten in meinem Kopf durcheinander und verklumpten zu einer klebrigen Masse. Meine Hand tastete über meine Nase. Als ich sie zurücknahm, haftete dunkles Blut an meinen Fingern. Judith hatte mich erreicht, schob mir den Arm unter die Schultern und trug mich eher zu Ellen ans Fenster heran, als dass sie mich stützte. Ohne Unterlass bewegten sich ihre Lippen, unablässig schmetterten unglaublich laut in meinem Kopf widerhallende, zusammenhangslose Konsonanten und Vokale auf mich ein, und ich verstand kein einziges Wort von dem, was sie sagte. Aus weiter Ferne erklang wieder »Lili Marleen« – und ich erkannte den Vers von vorhin wieder an seiner Melodie, schließlich hatte er sich geradezu in mein Hirn eingebrannt. Lilli Marleen, *Solln wir uns da wiedersehn …* Immer wieder dieselben Worte, dieselben Takte, dieselbe Melodie.

Vielleicht verlor ich deshalb den Verstand, weil ich mir den Schädel gebrochen hatte?

Vom Fenster aus ließ sich der gepflasterte Hof vollständig überblicken. Der Vollmond war hinter dem tiefschwarzen Wolkenvorhang hervorgetreten (Vollmond? Ich hätte meine Hand dafür ins Feuer gelegt, dass kaum mehr als eine fadendünne Sichel am Nachthimmel zu sehen gewesen war, als wir Burg Crailsfelden erreicht hatten!) und tauchte die Giebel und Mauern der alten Festung in ein silbriges, blasses Licht, in dem jedoch irgendetwas verkehrt wirkte. Mein Blick wanderte irritiert zu den beiden Frauen und wieder hinaus in die Dunkelheit. Ich konnte sowohl die junge Ärztin als auch Judith in dem hell erleuchteten Raum in unmittelbarer Nähe vor mir nur verschwommen erkennen – die groben Steinquader, aus denen das Gebäude errichtet worden war, machte ich jedoch in aller Deutlichkeit aus, obgleich sie seltsam entrückt, fast wie aus einer anderen Welt, auf mich wirkten.

Judith deutete mit dem ausgestreckten Arm auf den zinnenbewehrten, alten Burgfried, den mächtigen Randturm, zu dem es keine Eingangstür mehr gab. Auf der obersten Plattform des Turms stand Maria. Sie war Dutzende von Metern weit entfernt, und es herrschte tiefste Nacht, und trotzdem konnte ich sie zweifelsfrei erkennen – mehr noch: Ich konnte jedes einzelne Detail an ihr ausmachen. Die Journalistin stand mit dem Rücken zu den Zinnen, presste sich gegen den kalten Stein, als fürchte sie sich vor irgendetwas, das aus der Falltür, die auf die Turmplatten führte, hinaufzusteigen drohte, als sei sie gerade in verzweifelter Angst vor etwas zurückgewichen, bis die fast schulterhohen Zinnen sie gebremst hatten. In der Hand hielt sie die kleine Pistole. Ein Schuss hallte über den Hof. Ich sollte Maria eigentlich nicht erkennen können in dieser Dunkelheit, sollte die Pistole in ihrer zitternden Hand schon aus meinem Blickwinkel heraus gar nicht erkennen können, und trotzdem konnte ich alles deutlich sehen.

Dann legte sich ein Schleier über das Bild, und als er sich wieder lichtete, erkannte ich auf der Plattform nicht mehr Maria, sondern das dunkelhaarige Mädchen in dem bordeauxroten Kleid. Miriam! Und vom Himmel herab hingen wie Spinnweben schimmernde, hauchdünne Marionettenschnüre, an denen Maria geführt wurde und an denen sie in dieser Sekunde einen bizarren Tanz aus abgehackten Bewegungen vollführte, während wie von einem leiernden alten Grammophon gespielt »Lili Marleen« aus dem Nichts ertönte. *So wolln wir uns da wiedersehn …*

Maria stieg auf eine der hohen Turmzinnen. Eine dritte Person erschien auf der Plattform, ein Mann, der einen weißen Kittel trug, doch ich konnte weder sein Gesicht ausmachen, noch konnte ich erkennen, was er tat. Ich glaubte, ihn ihr zuwinken zu sehen – oder drohte er ihr? Ich wusste es nicht. Tosender Schmerz brannte in meinem Kopf. Ich kniff die Augen zusammen, blickte erneut zu dem Burgfried hinüber und sah Maria noch immer, jetzt sogar noch deutlicher auf der Zinne stehen. Sie blickte über die Schulter in unsere Richtung und sah mir einen Moment lang geradewegs ins Gesicht. Es war ein Ding der Unmöglichkeit, aber ich hatte das Gefühl, als bohre ihr Blick sich direkt in meinen. Dann hob sie ihre Pistole und setzte sich die stählerne Mündung mitten auf die Stirn. Tränen rannen über die Wangen ihres wachsbleichen, emotionslosen Gesichtes. Silbern schimmerten die Marionettenschnüre, die ihre Fingerglieder mit dem unsichtbaren, grausamen Marionettenspieler in unerreichbarer Ferne verbanden, der jede noch so winzige ihrer Bewegungen steuerte.

Wieder ertönte ein Schuss, doch dieser klang lauter, härter, brutaler als alles, was ich je gehört hatte. Ein greller Lichtblitz explodierte vor meinen Augen. Dann umfasste mich gnädige Dunkelheit, die mich von dem unsagbaren Schmerz hinter meiner Stirn erlöste.

Ich erwachte aufrecht auf beiden Beinen stehend vor einem gewaltigen steinernen Tor, das von drei Männern bewacht wurde, die mit Hellebarden und mehr als armlangen Schwertern bewaffnet waren. Sie trugen lange weiße Waffenröcke und machten nicht den Eindruck, als ob sie nur den Bruchteil einer Sekunde zögern würden, von ihren Waffen Gebrauch zu machen, wenn sich ihnen nur ein günstiger Vorwand dazu bot.

Waffenröcke? Ich korrigierte meinen Gedanken auf den zweiten Blick hin: Die Männer trugen blütenweiße Arztkittel mit kleinen Namensschildern auf der Brust, die ich jedoch nicht entziffern konnte. Einer von ihnen, ein junger Mann mit einer beginnenden Stirnglatze, trat einen Schritt auf mich zu. Ich erschrak nicht, zuckte nicht einmal zusammen, sondern empfand etwas ganz und gar Unpassendes, nämlich Schuldbewusstsein und Scham. Dieses Tor zu passieren sei mir nicht erlaubt, erklärte mir der junge Mann in bestimmtem Ton, der Ort dahinter sei mir verboten, weil dort ein fürchterliches Ungeheuer lauere, das nur auf eine Gelegenheit warte, mich zu zerfleischen. Ich war mir sicher, dieses Tor schon einmal passiert zu haben und bemühte mich, Schuldbewusstsein hin oder her, mich an den Wachen vorbei zu drängeln, wurde aber von einem der Männer hart an der Schulter gepackt. Er zerrte mich von dem Tor weg, hielt mich mit eisernem Griff am Handgelenk fest und führte mich schließlich einen steilen, gewundenen Pfad hinab. Es war ein unfreundlich wirkender, alter Kerl, der aussah, wie Ed vermutlich ausgesehen hätte, wenn er die Sechzig in seinem Leben noch erreicht hätte. Im Laufschritt, in dem der Fremde mich mit sich zerrte, blickte ich über die Schulter hinweg zurück und erkannte erst jetzt, dass es das Tor von Burg Crailsfelden gewesen war, das zu passieren man mir verboten hatte. Der Torweg mit dem Fallgitter, das Ed und mich beinahe das Leben gekostet hätte! Von den Zinnen der Burg wehten überdimensionale Pfadfinderbanner.

Ein Mann und eine Frau mittleren Alters standen am Fuße des Berges, zu dem der Burgweg führte. Beide waren blond und hatten leuchtend blaue, klare Augen. Sie standen vor einem große Mercedes älteren Baujahrs, der aber aussah, als käme er frisch vom Band und schienen dort auf mich gewartet zu haben.

Meine Eltern!

Ich erkannte sie erst, als ich sie bereits fast erreicht hatte, verstand nicht, warum sie hier waren, warum sie mich holen wollten. Mit unterwürfiger Freundlichkeit traten sie dem Fremden entgegen, der Ed so ähnlich sah, dabei hatte ich meinen Vater doch als einen so stolzen, selbstbewussten Menschen in Erinnerung. Oder bildete ich mir das nur ein? Schließlich wusste ich nicht viel von meinen Eltern, und das, was ich wusste, wurde stark durch die Bilder meines einzigen Fotoalbums geprägt. Fast flehend und aus der Perspektive eines Kindes blickte ich zu dem Fremden hinauf, der mein Handgelenk noch immer so fest gepackt hielt, dass es schmerzte, doch der alte Mann beachtete mich nicht und besprach irgendetwas mit meinen Eltern, das ich nicht verstand.

Ich erwachte mit rasendem Herzen und in Schweiß gebadet auf dem schmalen Bett in meinem Zimmer – eine Berührung hatte mich auffahren lassen. Es war Judith, die sich weit über mich gebeugt hatte, sodass ihr Gesicht sich ganz dich vor dem meinen befand. Sie streichelte mit dem Handrücken besorgt meine Wange. Noch immer tobte der Schmerz hinter meiner Stirn, zusätzlich verspürte ich wieder das dumpfe Pochen in meinem Hinterkopf, für das wahrscheinlich die Gehirnerschütterung verantwortlich war – laut Ellen das Mindeste, was ich von der Schlägerei mit dem dicken Wirt davongetragen hatte. Im ersten Moment blickte ich instinktiv auf Judiths Handgelenke, um mich davon zu überzeugen, dass daran keine Marionettenschnüre befestigt waren. Selbstverständlich war dort nichts, aber ein ungutes Gefühl, das mir aus meinem Traum in die Realität gefolgt war, blieb, und ich hatte das Gefühl, dass hier irgendetwas nicht stimmte, dass Judith sich auf seltsame Weise verändert hatte, ohne dass ich in der Lage gewesen wäre, diese Veränderung, die ich irgendwo im unscheinbaren Detail witterte, zu beschreiben. Blinzelnd versuchte ich Judiths Blick zu erwidern und beschämt über meine eigenen Gedanken so etwas wie ein entschuldigendes Lächeln in meine Züge zwingen, aber mein Versuch scheiterte kläglich. Judiths nur umso besorgteres Stirnrunzeln verriet mir, dass meine verzweifelte Grimasse mich eher noch bemitleidenswerter erscheinen ließ.

»Das genügt!«, hörte ich Carl mit schroffer Stimme sagen. »Bring den Simulanten auf die Beine.« In der nächsten Sekunde stach blendendes weißes Licht in meine Augen. Erschrocken hob ich die Hand und kniff die Augen schnell wieder zu. Der Wirt hatte den Handscheinwerfer an sich genommen und hielt ihn direkt auf mein Gesicht gerichtet. »Hoch mit dir, Jungchen!«

Da war noch etwas gewesen. Der Dicke hatte es in der anderen Hand gehalten, aber ich hatte nur einen winzigen, wenig aufschlussreichen Blick darauf erhascht, ehe der Althippie die Taschenlampe in seiner Linken zu einem individuell auf mich zugeschnittenen Folterwerkzeug umgemünzt hatte. Etwas kleines Silbernes … Marias verchromte Pistole!

»Was … ist mit Maria?«, fragte ich in flüsterndem Ton. Meine eigene Stimme klang mir fremd in den Ohren – sie war zu hell, fast schon kindlich.

»Hat sich 'ne Kugel durch den Kopf geblasen, die Irre«, antwortete Carl, dessen Anteilnahme an diesem Umstand sich, gelinde gesagt, hörbar in Grenzen hielt. »Zum Glück hielten die beiden Damen hier es für eine gute Idee, immer noch betroffen in den Hof zu starren, als ich schon auf dem Weg zur Treppe war.«

Mutig öffnete ich die Augen zwei, drei Millimeter weit und blinzelte dem Wirt entgegen. Carl lächelte herablassend. Seine unterwürfige Ängstlichkeit war wieder einer widerlichen Überheblichkeit gewichen, die mich aber nicht wie zuvor nur ärgerte, sondern in diesem Fall tatsächlich beängstigte. Der Wirt hatte eine Schusswaffe! Ich verfluchte Ellen insgeheim für ihre unglaubliche Dummheit, ihn aus den Augen gelassen zu haben, nur um eine Tote auf dem Pflaster ausgiebig zu betrachten. Betroffenheit und Schrecken hin oder her – das hätte nicht passieren dürfen!

»Ich war als Erster bei ihr.« Carl rümpfte angewidert die Nase. »Kein schöner Anblick ... Ihr Kopf sah aus, wie 'ne geplatzte Melone. Die Knarre lag ein Stück neben ihr.«

»Wie lange war ich ohnmächtig?«, wandte ich mich noch immer in fast flüsterndem Tonfall an Judith. Ich hörte, wie meine Stimme zitterte. Mein Herz gab sich gar nicht erst die Mühe, nach meinem Erwachen wieder einen normalen Rhythmus anzunehmen, sondern hämmerte weiter in zunehmender Panik von innen auf meine Brust ein.

»Nicht sehr lange«, antwortete Judith kopfschüttelnd. »Vielleicht zehn Minuten. Du hast die meiste Zeit etwas vor dich hin gesummt. Eine Melodie. Man konnte dich einfach nicht aufwecken, so etwas habe ich noch nie erlebt.«

»Ich schon«, schaltete sich Ellen, die irgendwo

außerhalb meines Blickwinkels stand, mit tonloser Stimme ein. »Für mich sah das so aus, als wärest du ein Junkie, der sich den Goldenen Schuss gesetzt hat. Du warst völlig weggetreten, nicht mehr von dieser Welt.«

»Vielleicht ist er ja ein Junkie,«, schnaubte Carl verächtlich und grinste hässlich, »so dünn und blass, wie er ist.«

»Es gibt keine Einstiche an den Armen oder anderswo.« Die Ärztin trat neben Judith und maß mich mit einem müden, abgeschlagenen Blick, und ich hatte den Eindruck, dass sie ihre Worte mehr sprach, um Carl zu widersprechen, als um mich zu verteidigen, oder gar, weil sie von ihrem Inhalt überzeugt war. Sie war blass, machte aber Gott sei dank nicht den Eindruck, ihre Fassung in absehbarer Zeit ein weiteres Mal zu verlieren. Es gab eine Hand voll Dinge, die ich in diesen Minuten unbedingt gern in meiner Nähe wissen würde. Die meisten dieser Wünsche – eine Kalaschnikow und ein funktionstüchtiges Telefon beispielsweise – blieben mir verwehrt, aber zumindest eine Ärztin hatte das Schicksal mir an die Seite gestellt. »Was hast du jetzt mit uns vor?«, fragte sie an den Wirt gewandt.

»Ich werde aufpassen, dass hier nicht noch jemand ins Gras beißt, vor allen Dingen ich nicht.« Carl wirkte plötzlich überhaupt nicht mehr überheblich, und auch das anzügliche Lächeln, das sich eben wieder auf sein Gesicht geschlichen hatte, war restlos verschwunden. Er wirkte zum vielleicht ersten Mal, seit ich ihn kennen gelernt hatte, aufrecht und ernst. »Ich werde euch alle schön im Auge behalten, und so überleben wir die Nacht«, sprach er weiter. »Und morgen versuchen wir dann jemanden auf uns hier aufmerksam zu machen. Vielleicht kann man ja mit dem Strahler Lichtzeichen geben, SOS morsen oder so.«

Seine Worte hätten gar nicht so unvernünftig geklungen, wäre ich bereit gewesen, dem Wirt auf nur einen halben Schritt über den Weg zu trauen, aber das war ich nicht, dazu hatte er uns schon zu oft belogen. Ich konnte nicht glauben, dass Carl ernsthaft daran interessiert war, uns zu retten. Es ging ihm nur um seinen eigenen Hintern, davon war ich überzeugt. Er war ein rücksichtloser Egozentriker, was seinen eigenen Schilderungen nach im ganzen Dorf bekannt war. Vielleicht war er ja sogar der Irre, der Ed und Stefan auf dem Gewissen hatte, möglicherweise sogar auch von Thun, denn schließlich war der Wirt hier Hausmeister und hatte damit die besten Voraussetzungen gehabt, ihn durch den vermeintlichen Unfall aus dem Weg zu räumen. Ich wusste nicht, was genau sein Ziel bei all dem war, ob es tatsächlich etwas mit dem illusionären Nazi-Schatz zu tun hatte oder ob seine Motivation eine gänzlich andere, aber wohl kaum weniger egoistische war. Er würde hier seine Sache durchziehen, und ich betete inständig, dass Judith, Ellen und ich das überlebten.

»Damit wir nicht auf dumme Gedanken kommen, werden wir uns jetzt schön beschäftigen.« Die Ernsthaftigkeit war wieder aus seiner Stimme gewichen und hatte einem spöttischen, arroganten Tonfall Platz gemacht. Der Wirt blickte demonstrativ auf seine billige Armbanduhr. »Es sind noch ein paar Stunden bis zum Morgengrauen. In der Zeit schauen wir uns noch einmal die Keller an und graben ein bisschen nach dem Schatz.« Er maß Judith mit einem anzüglichen Grinsen, für das ich ihm wahrscheinlich ungeachtet der gefährlichen Waffe in seiner Hand meine geballte Rechte ins Gesicht geschmettert hätte, um sein noch unversehrtes Auge unverzüglich wie das rechte zu verunstalten, wäre ich nicht noch immer so unglaublich schwach gewesen und hätte es in meinem Kopf nicht nach wie vor so erbärmlich gehämmert. »Vielleicht bringt ihr beiden Süßen ja Glück, oder ihr taugt für sonst was«, sagte er in fast zwitscherndem Tonfall und lachte ein kurzes, abgehacktes Lachen. »Wer weiß – wenn wir erst einmal kiloweise Zahngold ausgegraben haben, dann ist vielleicht auch der nette, reiche Carl ein wenig interessanter für euch. Geld wirkt ja manchmal Wunder, nicht wahr, ihr Hübschen? Und jetzt helft dem Waschlappen auf die Beine. Wir haben lange genug hier oben in den Zimmern herumgehangen.« Er winkte mit der kleinen Pistole in Richtung Tür. »Los, los – ihr werdet schön vor mir hergehen.«

Judith und Ellen griffen mir unter die Arme und halfen mir auf die Beine, wobei ich mich ungefähr so fühlte, als hätte man mich via Schleudersitz aus einem Düsenjäger katapultiert, ohne daran gedacht zu haben, vorher die Dachluke zu öffnen. Mein Kopf fühlte sich an, als würde er schlichtweg in Stücke gerissen, und in meinem Magen kochte binnen Bruchteilen von Sekunden ein glühende, schäumende Masse auf, die auszubrechen drohte, wie Lava aus dem Schlund eines Vulkans. Meine Beine drohten im selben Augenblick, in dem sie Bodenkontakt bekamen, gleich wieder unter mir nachzugeben, aber die beiden Frauen hielten mich mit erstaunlicher Kraft aufrecht. Doch als Ellen und Judith mich über die Türschwelle geschleift hatten, war das Schlimmste bereits überstanden, und ich konnte meinen Weg den Flur hinab zwar längst noch nicht aus eigener Kraft zurücklegen, hatte jedoch die Anfälligkeit für erneut drohende Bewusstlosigkeit hinter mir gelassen. Außerdem setzte sich der Wirrwarr aus winzigen bunten Pünktchen, zu dem der Schmerz in meinem Kopf meine Umgebung ständig hatte explodieren lassen, wieder zu zwar noch nicht wirklich scharfen, aber doch gut erkennbaren Bildern zusammen. Ich konnte unverhoffterweise meine Beine spüren, und sie erwiesen sich sogar als relativ gehorsam und halbwegs stabil, sodass Judith mir als Hilfe ausreichte, als wir die Treppe erreichten und ich mich langsam und mit Schwindel ringend die Stufen hinunterschleppen konnte.

Carls Strahler schnitt wie eine Klinge aus Licht durch die Dunkelheit der Empfangshalle am unteren Ende der Treppe; unstet zuckte der Lichtkegel über die Bodenplatten, tauchte die feinen Staubpartikelchen in der abgestandenen Luft in einen gespenstischen, irreal hellen Schein und verharrte einen Augenblick auf einem dunklen Fleck auf den uralten Steinplatten. Blut, fuhr es mir erschrocken durch den Kopf. Mein Atem stockte. Das war der Platz, an dem Stefan gelegen hatte, aber statt auf seine Leiche starrte ich nun auf eine hässliche, halb eingetrocknete Blutlache hinab.

»Es gibt also doch noch jemanden auf der Burg«, stellte Judith sachlich fest, ehe meine Gedanken diese nur zu konsequente Schlussfolgerung konstruieren konnten.

Ich hatte eine Gestalt in einem weißen Kittel gesehen, fiel mir plötzlich wieder ein. Er hatte ausgesehen wie ein Arzt.

»Ein Arzt«, höhnte der Wirt. Anscheinend hatte ich ziemlich laut gedacht. »Mich würde nicht wundern, wenn du uns gleich auch noch von weißen Elefanten erzählen würdest! Hat jemand anderes auch noch einen Arzt hier gesehen?«

Judith und Ellen schwiegen. Sie verneinten nicht, bemerkte ich in einer Mischung aus Schrecken über den Gedanken, dass wir vielleicht tatsächlich nicht so allein in diesem verwunschenen Gemäuer waren, wie wir bislang geglaubt hatten, und Erleichterung über den Umstand, dass ich vielleicht nicht ganz so verrückt war, wie es mir selbst immer öfter vorkam.

»Na also«, schnaubte Carl verächtlich. »Wenn du mich fragst, dann war diese Maria nicht mehr ganz richtig im Kopf. Die hat sich doch aufgeführt, wie eine Irre – hat mit sich selbst gesprochen, auf Phantome geschossen und ist wie eine verrückte Ballerina herumgetanzt. Wahrscheinlich hat sie die Leiche von Stefan fortgeschafft, während wir oben duschen waren.«

»Aber das macht doch keinen Sinn«, wandte Ellen halbherzig ein. Ihre Erschöpfung schien langsam die Oberhand zu gewinnen. Ich hoffte, dass sie nicht in absehbarer Zeit einfach zusammenbrechen würde, wie das mir schon mehrfach zuvor widerfahren war.

»Das gehört doch zu dem Wesen von Irren«, antwortete Carl schulterzuckend. »Sie tun Dinge, die in den Augen der übrigen Menschen keinen Sinn ergeben.«

Sie graben beispielsweise nach Nazi-Schätzen, die es niemals gegeben hat, dachte ich bei mir, achtete aber in Anbetracht der Waffe in Carls Hand und dem Umstand, dass er streng genommen noch eine Revanche für mein boshaftes Spielchen in der Küche mit mir offen hatte, dieses Mal bewusst darauf, meinen Gedanken nicht versehentlich auszusprechen. Im Übrigen war ich fest davon überzeugt, dass Maria überhaupt nicht stark genug dazu gewesen wäre, die Leiche des Sportlers zu tragen – schließlich hatte es zweier kräftiger Männer und einer zumindest willensstarken Frau bedurft, um ihn aus der Küche hierher zu verfrachten. Muskelmasse wog schwerer als Fett, und ich wusste, wie unglaublich schwer Stefan gewesen war. Dass die kleine, zierliche Maria diesen mächtigen Kerl auch nur am Boden fortgeschleift haben könnte, war vollkommen ausgeschlossen.

»Vielleicht sollten wir auch einmal kurz in der Küche nachsehen, ob die Leiche von Ed auch verschwunden ist?«, schlug ich fröstelnd vor.

»Ganz ein Schlauer, was?« Carl schüttelte fast mitleidig den Kopf. Wenn abgrundtiefer Hass sich noch steigern ließ, dann tat er das in diesem Augenblick. »Du hoffst wohl darauf, dass du dir heimlich ein Messer aus der Schublade holen kannst. Nicht mit mir, mein Junge.« Er deutete mit der Pistole in Richtung Kellertreppe. »Dort spielt die Musik. Vorwärts jetzt!«

Einen kurzen Moment, in dem mein Blick durch die offen stehende Eingangstür auf den Burghof hinaus streifte, verharrte ich noch auf der untersten Stufe. Der Regen hatte aufgehört, aber noch immer versperrten dichte, tief hängende Wolken die Sicht auf den Mond, sodass es außerhalb des Gebäudes stockfinster war. Wo genau mochte Marias Leiche liegen, dachte ich und starrte eine Sekunde lang angestrengt in die Finsternis hinaus. Aber ich konnte sie nirgends entdecken. Vielleicht hatte man sie auch fortgeschafft? Wenn auch sie verschwunden war, dann konnte Carl zumindest nicht weiterhin darauf bestehen, dass sie Stefans toten Körper davongetragen hatte. Es würde genügen, wenn der Wirt nur ein einziges Mal in Richtung des Turmes leuchten würde, dann wüssten wir, ob wir allein hier waren, oder eben nicht.

»Bist du sicher, dass Maria wirklich tot ist? Vielleicht braucht sie Hilfe«, versuchte ich es auf eine Art und Weise, die so dämlich war, dass ich mich im selben Augenblick, in dem ich die Worte aussprach, schon wieder dafür schämte und verfluchte.

»Wer sich eine Kugel durch den Kopf schießt und dann noch zwanzig Meter von einem Turm fällt, der braucht keine Hilfe mehr.« Der Wirt lachte bitter.

»Sollten wir dann nicht wenigstens ihre Leiche mit einem Tuch bedecken?«, fragte Judith, von der ich glaubte, dass sie verstanden hatte, worauf ich hinaus wollte.

Carl schnaubte verächtlich und maß uns alle mit einem abwertenden, geradezu angeekelten Blick. »Seid ihr denn alle nekrophil?«, fragte er verärgert. »Euer Interesse für Leichen ist ja beängstigend. Ich habe für heute ... ach, was sage ich ... Ich habe für den Rest meines Lebens genug Tote gesehen!« Er versetzte mir einen groben Stoß in den Rücken, der mich auf den Ausgang zutaumeln ließ, und leuchtete mit dem Strahl der Taschenlampe in Richtung des kleinen Lehrerhauses an der schräg gegenüberliegenden Seite des Burghofs. »Dort spielt die Musik«, sagte er und trieb Ellen, Judith und mich wie ungehorsame Kinder vor sich her durch die noch immer fast knöcheltiefen Pfützen auf dem Hof. »Wir werden alle zusammen in den Keller steigen. Und dann holen wir uns das Gold.«

War der fettleibige Wirt denn wirklich so naiv, fragte ich mich, während ich nach Judiths Hand griff und Ellen und Carl Seite an Seite durch die Finsternis vorausging, oder trieb er ein abgrundtief böses Spiel mit uns? Wartete dort drüben im Keller vielleicht ein Komplize des Wirts, der die Leichen geholt hatte, und dem der Althippie nun auch noch die letzten drei Überlebenden ans Messer lieferte?

Wir würden es erfahren, und das vielleicht viel schneller, als uns recht sein konnte.

ENDE
des vierten Teils

Die Chronik der Unsterblichen

Der Schwertkämpfer Andrej ist auf der Suche nach der Puuri Dan, einer weisen Zigeunerin. Sie, so hofft Andrej, kann ihm das Geheimnis seiner Herkunft enthüllen. Die Reise führt ihn und den ehemaligen Piratenkapitän Abu Dun bis nach Bayern. In dem kleinen Ort Trentklamm stoßen sie auf schreckliche, menschenähnliche Geschöpfe. Andrej wird von einer dieser Bestien angegriffen, verletzt und verliert seine übermenschlichen Kräfte. Fast zu spät muss er entdecken, dass das Geheimnis der Ungeheuer enger mit seiner eigenen Existenz verbunden ist, als ihm lieb sein kann …

Wolfgang Hohlbein

Band 3: Der Todesstoß

Roman

Ullstein Taschenbuch

UB75

Die Chronik der Unsterblichen

Noch immer sind der Schwertkämpfer Andrej und sein Gefährte Abu Dun auf der Suche nach der Puuri Dan, die Andrej über das Rätsel seiner Herkunft aufklären soll. In einem gefährlichen Hinterhalt werden sie von Kindern mit seltsamen Kräften schwer verletzt und erlangen erst in einem Zigeunerlager das Bewusstsein zurück. Dort, so scheint es, ist der Unsterbliche endlich am Ziel seiner Reise angelangt ...

Wolfgang Hohlbein

Band 4: Der Untergang

Roman

Ullstein Taschenbuch